中国义勇故事

文化部民族民间文艺发展中心 选编

光明日报出版社

图书在版编目（CIP）数据

中国义勇故事/文化部民族民间文艺发展中心选编. --北京：光明日报出版社，2016.7（2019.10重印）

ISBN 978-7-5194-1305-7

Ⅰ.①中… Ⅱ.①文… Ⅲ.①故事—作品集—中国 Ⅳ.①I247.8

中国版本图书馆CIP数据核字（2016）第161868号

中国义勇故事
ZHONGGUO YIYONG GUSHI

选　　编：文化部民族民间文艺发展中心

策 划 人：李　松

责任编辑：谢　香　李　倩　　　　　　责任校对：傅泉泽
封面设计：杰瑞设计　　　　　　　　　　责任印制：曹　净

出版发行：光明日报出版社
地　　址：北京市西城区永安路106号，100050
电　　话：010-67078248（咨询），010-63131930（邮购）
传　　真：010-67078227，67078255
网　　址：http://book.gmw.cn
E-mail：gmcbs@gmw.cn
法律顾问：北京德恒律师事务所龚柳方律师

印　　刷：河北鹏润印刷有限公司
装　　订：河北鹏润印刷有限公司

本书如有破损、缺页、装订错误，请与本社联系调换

开　　本：170mm×240mm
字　　数：120千字　　　　　　　　　印　张：8.75
版　　次：2016年8月第1版　　　　　　印　次：2019年10月第2次印刷
书　　号：ISBN 978-7-5194-1305-7
定　　价：20.00元

版权所有　翻印必究

目录

第1篇 办事看智慧，遇敌看勇气

蒙胡克斩除魔鬼（蒙古族）……………………………… 2
姐姐智斗毛家婆……………………………………………… 7
阿桑为民除害………………………………………………… 10
小昂格打虎…………………………………………………… 14
四姐妹与四老虎……………………………………………… 18
人心齐，泰山移（藏族）…………………………………… 22
与老鹰精决斗………………………………………………… 28
机智的老山羊………………………………………………… 31
纳米寨（布依族）…………………………………………… 35

第2篇 勇气长一寸，困难缩一尺

初生牛犊不怕虎……………………………………………… 42
比胆量………………………………………………………… 45
捉旱精………………………………………………………… 48
阿利捉风（仡佬族）………………………………………… 52
残暴可汗不得人心（哈萨克族）…………………………… 55
牛头山的由来………………………………………………… 60
腊布除凶龙（苗族）………………………………………… 62
锻炼勇敢……………………………………………………… 66

真假小英雄……………………………………… 69
拆掉通天的桥（彝族）…………………………… 73
劈山救母（维吾尔族）…………………………… 77
斩孽龙…………………………………………… 84

第3篇　少一份私心，多一份勇气

金牛山的故事…………………………………… 90
勇敢的小伙子…………………………………… 94
捉蛇精…………………………………………… 98
化石娘…………………………………………… 102
嫦娥盗药………………………………………… 105
雅拉夫妇射月亮………………………………… 110
九曲连塘的传说………………………………… 114
茫耶寻谷种……………………………………… 118
夜明珠…………………………………………… 125
马齿苋救太阳…………………………………… 131

后记……………………………………………… 135

第❶篇　办事看智慧，遇敌看勇气

蒙胡克斩除魔鬼（蒙古族）

讲述者：巴特尔（68岁，蒙古族）/ 采录者：萨兰格尔乐（50岁，蒙古族）/ 采录时间：1988年 / 采录地点：杜尔伯特蒙古族自治县他拉哈镇 / 流传地区：蒙古族杜尔伯特蒙古族自治县

从前，在科尔沁草原聂尔迪河流域居住着哲扎鲁特部落。这个部落的酋长是一位精明强干的人，他的名字叫仁钦敖尔布。

他领地内的草原山清水秀，漫山药草，宝藏遍地，牛羊肥壮，百姓安乐。部落的牛群羊群遍布大半个科尔沁草原，究竟有多少头马牛羊，数也数不尽。

人人都说：行路的人只要喝一口哲扎鲁特的牛奶，就能一天不渴

也不饿。乘骑的马,只要是吃一口这里肥美的草,喝一口聂尔迪河香甜的水,奔驰千里不渴也不累。

老酋长常说,他的部落是金龟背上独一无二的天赐乐园。老天赐给了他勇武善猎、聪明过人的两个儿子。大儿子叫莫尔根,二儿子是老酋长孩子中最小的孩子,他的爱称叫蒙胡克[①]。

老酋长去世后,部落百姓选举莫尔根当了酋长,并继承了全部家产。几年来莫尔根带领部落,经营家业,蒸蒸日上,很有起色。对此蒙胡克感到很高兴,很尊敬他的哥哥。

后来蒙胡克发现,一连好多天早晨,莫尔根没出来,没像父亲那样,右手掌放在胸脯上,左手拿着帽子,向着初升的太阳,九跪九叩叩拜太阳神,蒙胡克感到非常的奇怪。于是走进莫尔根的住房一看,莫尔根还没有起来。蒙胡克就质问哥哥说:"近几天,哥哥为什么不按照父亲留下的老规矩叩拜太阳神了?是不是贵体不平安了?"莫尔根支支吾吾地回答说:"唔!没有,没有!不是有病……"蒙胡克很不高兴地问:"那么阿布[②]去世刚刚三年,哥哥就不按照祖宗的规矩叩拜太阳神了吗?哥哥你就忘记了巡视部落百姓的大事了吗?为什么每天待在屋里不出来?"莫尔根听到弟弟的指责,心里感到不安,又觉得过意不去。但是一时不好回答。

蒙胡克看出哥哥的气色不好,不像往常那样威风,那样神气,所以不安起来,迫切地问:"哥哥的贵体不佳吧?是不是要请喇嘛念经文祈祷?"莫尔根摇摇头表示不用,蒙胡克接着又问:"那么备上银鞍,骑上枣红马,到北山上打鹿,喝点鹿心血,振振精神,身体就会好的。哥哥!我陪同你去怎么样?"莫尔根仍然摇头。蒙胡克心里十分着急,靠近哥哥又问:"哥哥你怎么啦?快给我说呀!快给我说!"莫尔根看到弟弟快要哭了,就告诉他说:"最近一个时期,我一闭上眼睛,就看见一个高大的穿黑衣服的人,手里拿着酒,笑着给我喝,当我不喝时,

---

[①] 蒙胡克:蒙古语,愚钝的意思。
[②] 阿布:蒙古语,爸爸。

他就张牙舞爪要吃掉我。我喝呀喝呀！昼夜不分，连续喝下去，越喝越香，什么也不想干，就想喝酒。"

这时蒙胡克赶忙拉着哥哥的手问："哥哥！他是谁呀？不要喝！不要喝他的酒！"莫尔根有气无力地说："不喝不行了，我现在最喜欢喝酒。"蒙胡克坚定又恳切地劝说："哥哥，它是魔鬼，它想害死你。但你不要怕它，不要喝它的酒，用箭射穿它的黑心，用剑斩掉它的头！"但莫尔根仍是晃晃脑袋，摇摇头。

蒙胡克看出哥哥已经不是从前的勇武双全，坚强而又健壮的人了。认定他着了邪恶，魔鬼缠身，失去理智了。于是蒙胡克请了喇嘛念了七天七夜的经文祈祷，压制恶魔。又在莫尔根的房门上悬挂了弓箭避邪恶。但这些一点也没起作用，莫尔根的酒兴有增无减，对部落的事情什么也不问、也不管。经常让两个美女从左右扶着搀着，醉得东倒西歪。自从莫尔根开始喝酒以来，仅仅几年的时间已经把一大片土地和一大半牛羊换酒喝了。

有一天，家奴们告诉蒙胡克草原上发生了热病，部落居民死去了几百人；北山里的牛羊发生了瘟灾，一群一群死去了。蒙胡克虽然年幼，欠经验，但是他是一个勇敢机智，善于联系百姓，敢说敢干的人。所以听到这个可怕的不幸的消息后，就跨上骏马，手提弓箭，走访了好多家部落居民。他走遍了哲扎鲁特草原，亲眼看到了漫山遍野瘟死的牛马尸体，知道了黑山脚下有一股妖

魔鬼怪作恶，散播瘟疫，残害草原上的人民，残害牛群羊群，想一口灭掉整个草原。蒙胡克看到草原的悲惨情景，咬牙切齿，万分愤恨妖魔。回到家后，把心一横，祭天地，供日月，右手掌放在胸脯上，左手拿着帽子，嘴里横咬宝剑，向祖先宣誓，为部落百姓，为富饶美丽的草原，斩除妖魔，保护草原安乐。

蒙胡克身挎坚韧的弓箭，手持老酋长曾用过的锋利的宝剑，备上紫檀鞍，跨上雪白的骏马，顶着漫天的风沙，奔驰了一天一夜，走近黑山脚下时，已经是夜间了。忽然迎面吹来一阵阵热风，忽然又吹来一阵阵寒风。在这漆黑的夜里，蓝色的鬼火四处兴起，越烧越旺，拦住了他们的去路。忠实的骏马稳重如白象，它那奔驰的四蹄一尘不染，在鬼火中神速前进，寻找魔窟。

忽然间，骏马竖起了机警的双耳，高声嘶叫起来，顿时给蒙胡克增添了勇猛斩鬼的精神，他拉紧弓弦，向着魔鬼叫的方向一连射出了五箭。这时高大的魔鬼张牙舞爪，想连人带马一把抓住蒙胡克。蒙胡克抡起宝剑对准魔鬼的胸膛猛刺过去。可惜！就在这刹那间，骏马疾驰而过，没能刺上。这样蒙胡克和魔鬼厮打了三天三夜，蒙胡克越打越强，追打不放。而魔鬼越打越无力，筋疲力竭，惶恐不安，转身而逃。这时蒙胡克拉足弓弦，对准魔鬼后胸，一连发射了十支箭，十支箭全部射进了魔鬼的胸膛。蒙胡克飞快地上前把魔鬼的脑袋砍掉，随手点燃了一把火，把魔鬼连同魔窟烧成了灰烬。

蒙胡克骑上骏马返回了草原部落，听说莫尔根用碗喝酒不解渴，自己坐进酒篓里淹死了。

全部落的百姓为了庆祝蒙胡克斩除魔鬼胜利归来，从四面八方聚集而来，举行了盛大的祭祀敖包大会。奶酒和烹调牛羊肉的甜美的香味，弥漫九霄。男女老少尽情狂欢的呼声，像汹涌的波涛。在这个敖包会上全部落的百姓选举蒙胡克当了哲扎鲁特部落的酋长。从此草原山河变得更富饶，牛羊肥壮成群，百姓永享安乐。

故事小火花

莫尔根被魔鬼诱惑,沉迷酒中,不能自拔。当部落面临生死存亡的时候,勇敢的蒙胡克担当大任,英勇作战,杀掉魔鬼,让百姓得以重享安乐。

知道中国,多一点

太阳神:太阳带来光明,万物得以生长,在历史上,很多古代民族都有对太阳的崇拜,中国的原始神话和宗教中就有很多反映,古书《山海经》中也有关于太阳神的记载。

日积月累

勇气是在磨炼中生长的——(英)莎士比亚

姐姐智斗毛家婆

讲述者：刘忠秀 / 搜集者：李国君、胡淑华 / 整理者：曹剑玉 / 流传地区：四川省汉源县

很久很久以前，有一户人家，爹妈要去走人户，就叫两个小女娃娃看家。

下午，一个老婆婆窜到她家来，说她是她们的外婆，叫毛家婆，是她们的爹妈叫她来给她们两个做伴的。这姐姐看到毛家婆的指甲很长，警觉起来了，就问"家婆，你的指甲咋那么长？"毛家婆说："那是你家公背痒，叫我留起抠背的。"

天黑了，姐姐说要点灯。毛家婆说："点不得，我有火眼。"叫她坐板凳，她说："我有坐板疮，坐不得，要坐鸡罩。"毛家婆坐在鸡罩上，把尾巴伸进鸡罩里刷得"扑扑扑"的，这姐姐就问她在做啥子？毛家婆说是蚊子咬得，她在刷蚊子。

要睡瞌睡了，毛家婆说："你们哪个的脚洗得干净，哪个就跟我一头睡。"妹妹把脚洗得干干净净的，就跟毛家婆一头歇，到了半夜，毛家婆就把妹妹掐来吃了。姐姐听到毛家婆吃得响，就问她在吃啥子。毛家婆说："这是家公怕我饿了，叫我带的干胡豆。"姐姐就说："我也要吃。"毛家婆就先拿一个干胡豆给她，第二个就拿的妹妹的指甲。这下姐姐不敢睡了，就说她要走茅室①头去。毛家婆叫她就在床前屙，姐姐说："臭得很，要茅室头去。"毛家婆就拿根绳子拴在她的脚上，这姐姐出去就把绳子解来拴在狗身上。就爬在家门口的一棵花红树上，毛家婆一等、两等还不见她进去，就把绳子一拉，这狗就叫起来了。毛家婆说："哼，这鬼女子，不进来，还装狗叫。"

早上起来一看，绳子上拴的是狗，看到姐姐在花红树上，毛家婆问她："在树上干啥子？"姐姐说："在吃花红，家婆你吃不吃？"毛家婆说："要吃。"姐姐说："门背后有一把洋叉②，你拿来，我好夺给你吃。"毛家婆就去把洋叉给姐姐拿来。姐姐把花红插在叉子尖上，叫毛家婆张开嘴，这毛家婆就把嘴张开，姐姐就使劲把叉子朝毛家婆的嘴里按，把毛家婆杀死了。

姐姐把死毛家婆埋在花红树下，长了一窝青菜出来。爹妈回来后，她就说："妹妹被毛家婆掐来吃了。"他们就把花红树下的青菜煮起吃，刚煮起就听到声音说："咕噜、咕噜，煮你家婆。"

---

① 茅室：厕所。
② 洋叉：分叉的木棍。

故事小火花

知道毛家婆吃了妹妹以后，聪明勇敢的姐姐赶紧逃到树上，她假装给毛家婆吃花红，趁机把洋叉插到她的嘴里，杀死了毛家婆。

知道中国，多一点

毛家婆：指老虎假扮成人，趁家里大人不在吃掉小孩。在西方童话《小红帽》里，大灰狼扮成狼外婆，想吃掉小红帽。在中国的民间故事里，则广泛流传着老虎的虎外婆故事，台湾地区也称为虎姑婆。

日积月累

> 打猎也需用计，不能只凭勇气。——谚语

阿桑为民除害

讲述者：金文玉（32岁，藏族）/记录整理者：谢启丰/搜集地点：金川县进修校/流传地区：四川省金川县马奈乡

很多年以前，在一片广阔美丽的森林边上，有一个几十户人家的小村庄。一条弯曲清澈的小河从村边流过。小河两岸是一片碧绿草原和庄稼地，森林里有无数珍贵的飞禽走兽，药材和香菌。牧童们骑在牛背上，吹着宛转的牧笛，赶着群群牛羊到草地上放牧，小伙子到森林里去打柴、挖药。姑娘们到森林里去采集香菌和野果。庄稼人愉快地在地里劳动，人们过着安居乐业的幸福生活。

可是好景不长，森林里突然出现了一个凶恶残暴的人熊特额勒。特额勒一来就吃掉了许多飞禽走兽，还到村边猎食人畜。从此，人们再也不敢到森林里去砍柴、挖药、采香菌和野果，就是在草原上放牧的牧童，也不敢走得太远。河岸上再也听不到牧童的笛声和姑娘、小伙们的歌声了。

村里的猎人也曾联合起来去消灭过凶残的特额勒，但因它身躯高大，浑身涂了厚厚的一层松油，好像铁甲似的，

刀砍不入。枪打不进，不但不能达到目的，反而成了他的饭菜。由于人熊特额勒的打扰和危害。人们的生活一天比一天贫困，日子一天比一天艰难。

村里有一个聪明勇敢的青年猎手阿桑，对特额勒伤害人兽，破坏乡亲们生活的安宁，非常痛心和气愤。他时时刻刻都在想着如何除掉这个凶恶的人熊。可是，许多办法都试过了，就因为它身上那层松油太厚，把它没奈何。

要消灭特额勒，除了需要勇敢，还要有计谋地接近它。从它身上没有松油的地方下手才行，阿桑想啊想，脑壳都想痛了，还没有想出一个妥当的办法来。

一天，阿桑正闷闷不乐地坐在门槛上抽兰花烟，不知啥东西在烟锅里爆出一阵火花，顿时使阿桑受到了启发。一个消灭人熊的方法终于被他想出来了。

阿桑不辞辛苦，也不怕危险。攀悬崖、登高山、下河坝走了很多地方，采集了一百多种最美、最香的鲜花和许多特别好的烟叶。他要用这些花朵和烟叶，制出一种香飘十里的烟草。在消灭人熊的时候使用。阿桑起早睡晚，选烟叶、挑花朵。做着制造烟草的工作，一连忙了好些日子。烟草制成了。他装了一袋尝了尝，烟草的香味果然传遍了村里每一户人家。

阿桑又开始下一步的制备工作，他用一张虎皮做了一个特别大的烟荷包，又请村里有名的老铁匠，把一支火枪做成烟袋的样子，往枪管里装上火药铝弹和引火药线。上面撒些烟叶。准备好了以后，就到森林里去找特额勒。

阿桑在一个山洞里找到了它。特额勒张开血盆大口要吃掉阿桑。阿桑非常勇敢，一点也不惊慌地说："熊大王不要忙，我是特意来看你的。"特额勒说："我已经几天没吃东西了。你自己送上门来给我当菜吃，还有啥子话要说？"阿桑仍然不慌不忙地说："不要着急，不要着急！你看我又瘦又小，还不够你塞牙缝哩！听我把话说完再吃也不

晚。"

　　随后，聪明的阿桑毫不畏惧，故意恭维特额勒说："熊大王，那只老虎都比不过你，你是当今第一英雄，你才应该是兽中之王。我得了一点好东西，不献给别个，特别赶来献给你。""啥子好东西？快拿来我看！"阿桑取出他的小烟袋。装上香十里的烟草，点燃吸了一杆，香气飘到空中，特额勒连抽几下鼻子说："嘀，真香！哈哈！再给吃点。"阿桑故意不理它。自己抽得很香，有意把烟喷在特额勒脸上，弄得人熊垂涎三尺。心慌得像猫抓了一样难受。

　　特额勒高兴地说："确实是好东西，我不吃你啦，你以后天天给我做这种东西，做得好，我会把所得的金银财宝给你。"阿桑说："感谢大王！我早料定你会喜欢的。所以我还特别给你做了一根大烟袋。"说完把枪口往特额勒的嘴里送。

　　特额勒张开它那血盆大口，用牙咬住枪管，阿桑用火绳往烟锅里一点。"丝——"的一声巨响,特额勒的脑壳被炸得粉碎,可惜阿桑装火药装得太多太紧,所以火药点燃以后,枪管爆炸,勇敢的阿桑也献出了他年轻的生命。

特额勒被消灭了,人们又到森林里去砍柴。采摘香菌和野果,打猎和挖药。草原上又响起了牧童们清脆的牧笛。林边,河岸上,姑娘和小伙子们又唱起了宛转动听的山歌,村里的人重新过着幸福的生活。

故事小火花

面对凶恶残暴的人熊,聪明的阿桑知道不能硬碰硬,所以运用自己的智慧,用计谋战胜了人熊,让村子里的人重新过上了幸福的生活。

知道中国,多一点

人熊:也被称为棕熊、马熊,因为其五官姿态都像人,所以被称为"人熊"。在我国南方地区的民间故事里,同老虎外婆一样,"人熊"也指熊成精后变成的人,或者半人半熊的妖精。

日积月累

冲锋临阵凭勇气,决定胜负靠神机。——谚语

小昂格打虎

讲述者：邰秀恩（55岁，苗族）/ 搜集者：郑桂宜、李光厚 / 选编者：唐文海 / 搜集时间：1984年 / 流传地区：贵州省三穗县巴冶、寨头一带

云雾寨的背后是一片大森林。几抱大，几丈高的古树多得数都数不清，那枝枝叶叶，铺天盖地，遮月蔽日。钻进林子里阴森森的，黑压压的。云雾寨的苗家人，靠山吃山，他们把树子砍下来，运出去，就变成了钱；留下的那些枝枝丫丫，放一把火烧成灰，撒上小米，点上苞谷，就变成了粮。可就是林子里有一只老虎凶狠得很奸猾得很。那老虎常常在更深夜静的时候，从林子里摸出来伤害人畜。要是白天，

谁要单独进到树林里去，那是很难活着出来的。寨子上的几个青壮年，扛着土枪土炮，几次三番地结伙搜山，总是连老虎毛也没寻到一根。为这事，寨子里的人真的感到头疼。

云雾寨有个小昂格，长得敦敦实实，灵活聪明，又机智，又勇敢。他刚满十二岁那年，寨上的一个年轻妹崽，有一天去打猪菜，才走拢山脚，就被那只老虎咬吃了。小昂格气得眼睛里冒出了血珠珠。

那天晚上的下半夜，他轻轻地从床上爬起来，从米缸里撮了一升顶糯顶糯的扯糯，煮成了一坨菜钵大的糯米饭，用芭蕉叶裹着，装在笆篓里。天才纷纷亮，小昂格就背着人，向背后山的林子里走去。

才钻进林子，那只凶狠奸猾的老虎就闻到了人的气味，张牙舞爪地向小昂格扑来了。小昂格知道老虎不会爬树，"刷刷"几下子就爬到了一棵脸盆粗的松树上。老虎看着松树上的小昂格，馋得不得了，嘴巴咂得啧啧响，口水流出几丈长。急得怎么蹦，怎么抓，也够不到松树上端。小昂格看到老虎那狼狈样子，不但不着慌，反而暗暗好笑哩！

老虎为了吃掉小昂格，就发狠咬起松树干来。想把松树咬倒，捉住小孩。它咬呀咬呀，咬得牙齿咯咯叫，咬得树皮嚓嚓响，一直不停地咬了好半天。小昂格在树上看着老虎那穷凶极恶的样子，越发生气，暗暗地想着对付的办法。

老虎拼命地咬松树，那松树的松脂、木屑、树浆，弄得它满嘴稀里糊涂，又涩又苦，

舌条也麻木了，牙齿也咬松动了，牙巴骨也咬烂了。一看，松树才咬了一半。老虎实在受不了啦，得到溪沟边去漱口洗嘴巴再来。老虎盯了树梢上的小昂格看一眼，就急急地朝溪边跑去。

小昂格看到老虎果然走开了，就打算赶忙去寨上报信。但是眨眼一想，就这么走，那老虎返回来，见树上没人，定会顺着人的气味追来，仍有危险……对！就这么办。小昂格想出办法来了：只见他脱下罩在外面的那件衣服，又从笆篓里取出那坨糯米饭团兜在衣服中间，把衣服挂在树上，然后"刷刷刷"梭下树来，猫着腰一溜烟向寨子里跑来。

老虎在溪边洗干净了嘴巴，剔干净了牙齿，又气势汹汹地朝松树扑来。它一望树上那"小孩"还在，就又下狠劲咬起松树。咬呀啃呀，又弄得满嘴的松脂，木屑，树浆；又咬得口涩苦，舌条麻，牙齿动，牙巴骨烂。当老虎费尽了吃奶的气力，那棵松树终于断了。

老虎喜欢得不得了！猛扑过去咬那"小孩"，它几爪把衣服撕扯了个稀巴烂，不见小孩，从中却露出那球菜钵大的糯米粑来。它张着大嘴，使劲一口，把整坨粑咬进嘴里，那味道倒是有股香味，可就是把上下牙齿紧紧粘住了，吞也吞不进，吐也吐不出。老虎还在懵头懵脑的时候，小昂格领来的猎人已经把老虎瞄准了，几声枪响，老虎就倒下了。

好消息传到云雾寨，寨子里的男女老少全都赶来看那只被打死了的老虎，一个个高兴得又唱又跳。大家把小昂格抬起来，举得高高的，称赞他是个聪明勇敢的孩子。

故事小火花

小昂格聪明、勇敢，爬到树上，用糯米饭治住了老虎，为民除害。老虎虽然凶猛，但缺少智慧，把衣服当成小孩，费劲力气啃树，最终嘴巴被糯米粑黏住，被猎人打死。

知道中国，多一点

糯米粑： 苗族小昂格，用糯米粑治住了老虎。对于我国的苗族同胞来说，香甜软黏的糯米粑是他们最喜爱的食品。他们不仅在日常生活中经常食用糯米粑，在过节和走亲访友时，也制作很多糯米食品，如花糯米饭、粽子、三角粑等。

日积月累

勇敢不在臂上，而在智慧上。——谚语

四姐妹与四老虎

搜集整理：周玉叶 / 原载《韶峰》1982年刊

从前，在一个山岭上住着一个老婆婆和她的四个女儿——一妹、二妹、三妹、四妹。四个姐妹个个都长得像天上的仙女一样，尤其是四妹，不但美丽，而且机智勇敢。

有一天，老婆婆要去亲戚家，估计当天不能回来，于是把这四个女儿叫拢来，左嘱咐右嘱咐说："我今天出去有点事，不能回来，你们要小心外面的虎闯进来，吃完了晚饭，就要把门关好。记住了吗？"四姊妹纷纷回答说："记住了！"碰巧，正好四只老虎藏在后面的屋檐

角下，偷听了她们的话。这天晚上，这四只老虎就变成了四个大皮大块的伢子，来到了她们的家门口。

"喂！四妹，开一下门，好吗？"好熟悉的声音呀。这时，四姐妹有的在绣花，有的在织布，有的在补衣服……她们停下了手中的活，开开了门，四个伢子大大方方的进屋来了。

一妹搬来了凳子，笑容可掬地对四个伢子说："你们来了，请坐下歇气吧！"当四个伢子坐下来时，一妹一眼就看见了它们屁股后面都有一个尾巴，当时，一妹就吃了一惊……

二妹泡来热腾腾的茶，也满面笑容地说："你们累了！请喝一杯茶吧！"四个伢子连忙伸手去接茶时，个个手指头都现出密密的毛，二妹也吓了一跳……

三妹端来了洗脚水，亲热地说："你们走累了，请洗洗脚肥！"四个伢子依次洗脚的时候，三妹突然发现它们的脚趾上都是尖利的虎爪子，三妹吓怕了。

这时，四妹也发现了它们的破绽，然而，后悔也来不及了。怎么办呢？

一妹想出了一个办法。她走到水缸前，看了看水缸，强作镇静地说："哎呀！水缸干干的，我去担点水来，妹妹们陪着耍一阵子，呵！"说完，她担着一担桶子，浑身发抖走出门来，躲在桃树上。

二妹看到姐姐借故躲了，也学姐姐的样子，走到灶膛前面，看了一下灶角，说："哎呀！没有一点柴了，我去搞点柴进来，煮点东西给四位弟兄吃，三妹、四妹你们陪一阵子，我就来。"说完，提心吊胆地走出了门，躲在草堆里。

三妹看见姐姐们走了，心里想：还不走，就会被老虎吃掉。于是她也走到灶边，朝灶内看了几眼，说："哎呀，姐姐们只顾去挑水搞柴，不看灶里面堆满了灰，四妹，你陪陪客，我去拿东西来出灰。"说完，她也急忙走出来，在一个大坛子里躲了起来。

这时候，屋子里陪客玩的只有四妹了。她想：我又怎么办呢？如

果我也逃走，它们一定要翻坛打罐，找到姐姐们。不！我不能逃走，我要想尽办法去对付它们。

趁老虎都目不转睛地看门外，等三个姐妹回来时，四妹飞快地爬上了楼，为了使老虎知道自己的去向，故意把楼梯放在楼下。

等啊，等啊，老虎等得不耐烦，开始咆哮了，它们不见了四妹，恶性发作，露出了原形，在屋的周围翻腾寻找。

有只老虎看见了楼梯，高兴得不得了，满以为这块肉是吃定了，于是，它爬上楼去，不料，四妹早有准备，用煤油洒在楼梯上双手用力一掀，老虎滑下来了。另一只老虎走过来，四妹把煤油泼到它俩身上，擦燃了火柴，向两只老虎丢去，老虎身上着了火，死了。

另外一只老虎看着自己的兄弟活活地烧死了，不服气，来到了楼梯旁边，谁知楼上滚下一个扮桶，正好罩住了这只老虎的脑壳和前腿，四妹连忙把楼上所有的重东西搬出来，丢在扮桶上面，使得这只老虎动弹不得，四妹用根绳子捆住老虎，从绳子上溜下来，拿起一柄锋利的斧头，狠狠地砍断了这只老虎的身子。剩下的这只老虎吓得逃到屋外。那一妹躲在桃树上，吊出了一只脚，老虎满以为是一条丝瓜，一口就把她咬断了。二妹躲在草堆里，现出了一个膝盖，老虎以为是只红薯，狠狠地吃了一口。三妹躲在坛子里，没有把坛盖盖好，露出一只耳朵，老虎以为是木耳，一爪就把它抓走了。

怕死的三个姐姐都被老虎咬伤了，等老虎走后，都哭哭啼啼回到家里，来到楼梯口，她们怔住了：老虎不但没有咬伤四妹一点皮肉，反而还被四妹打死了三只。三个姐姐惭愧极了。

故事小火花

三个姐姐自私怕死，遇到老虎，只想着自己逃跑。四妹机智勇敢，斗死了三只老虎，最后一只被吓跑了。四妹机智斗虎，保全了自己，三个姐姐却因胆小懦弱被老虎咬伤。

知道中国，多一点

煤油：俗称火水，是一种通过对石油进行分馏后获得的碳氢化合物的混合物。煤油蒸汽比空气重得多，与空气混合可能形成爆炸。在古代，多用煤油灯进行照明。

日积月累

信心、勇气、智慧三者具备，则天下没有做不成的事。

——谚语

人心齐，泰山移（藏族）

讲述者：阿白（藏族）/ 采录者：程圣民 / 采录时间：1982年 / 采录地点：康定县

花尾巴喜鹊从早晨到中午，一直在树上叽叽喳喳地唱着歌儿。宫里的大臣和仆人们都在想：喜鹊唱歌最吉祥，这是什么好兆头呢？

国王起床了，他的脸就像要下暴雨的天空布满黑云。这不是什么好兆头啊！大臣们的腰弯得更厉害了，像被狂风吹折的柳树枝摇摇摆摆。仆人们的脚步声更轻了，像悠悠飘洒的雪花落到地上。

国王烦躁地把手上的牛肉汤碗一扔，问众大臣道："你们看我怎么样？"大臣们脸上挂着比绵羊还要驯善的笑容，不敢回话。跟往常一样，国王最宠爱的三位心腹大臣接了腔。第一个是鹰钩鼻子大臣，他说："国王是天下最勇敢的人，像雄狮一样！"第二个是老鼠眼睛大臣，他说："国王是天下最富足的人，像龙王一样！"第三个是山羊胡子大臣，他说："国王是天下最慈悲的人，像神仙一样！"众大臣用热烘烘软绵绵的声音大声附和："呀，呀，哦呀！"

"住嘴！"国王大吼一声："我是说，我的样子如何？"鹰钩鼻子大

臣掀了掀鼻孔："您的头发油亮亮的，像乌鸦站在岩石上，您右边的白胡须像白影鸟展开翅膀，您左边的黑胡须像黑秃鹰展开翅膀，您中间的灰胡须像白杨叶子随风飘——天下再找不到比您更有风度的人啦！"老鼠眼睛大臣翻了翻白眼说："您的头顶像千年的雪山，您的前额像初三的月亮，您的眼睛像启明星——天下再找不到比您更威武的人啦！"山羊胡子大臣摸了摸胡须说："您的脸庞像盛开的白玛麦朵，您的下巴像吉祥的凤凰蛋，您的嘴像灿烂的金鞍桥——天下再找不到比您更漂亮的人啦！"众大臣又用热烘烘软绵绵的声音附和："呀，呀，哦呀！"

国王哈哈大笑起来，说："虽然我有三百个妃子，可她们哪儿算是女人啊！一双双眼睛阴凄凄的，像被捆住了四脚就要挨刀的牛的眼睛；一张张脸蛋儿白惨惨的，像受够苦痛就要断气的病人的面容。叫我和这样的女人们在一起，你们怎么忍得下心啊！现在你们明白了吧，我想当新郎，求神仙赐给我再次做新郎的幸福吧！"

鹰钩鼻子大臣说："像您这样有风度的人，当然应该有比早上的露珠还要新鲜的姑娘来陪伴您！"老鼠眼睛大臣说："像您这样威武的人，当然应该有比山间的小溪还要活泼的姑娘来陪伴您！"山羊胡子大臣说："像您这样漂亮的人，当然应该有比天上的仙女还要美丽的姑娘来陪伴您！"众大臣仍然用热烘烘软绵绵的声音附和："呀，呀，哦呀！"

就这样，鹰钩鼻子大臣、老鼠眼睛大臣和山羊胡子大臣骑上最快的骏马，到全国各地寻找比露珠还要新鲜、比小溪还要活泼、比仙女还要美丽的姑娘去了。

蓝色的邦锦麦朵、红色的格桑麦朵、黄色的志玛麦朵，像五彩星星撒满了绿色的草原。邓珠达哇和她的六个妹妹在卡垫一样柔和的草坝上，美妙地舞蹈着，欢乐地歌唱着。

七个青松一样健壮的小伙子，唱着深情的歌，赞美自己的心上人——邓珠达哇和她的六个妹妹。

人们正在赞美这七对幸福的情侣，突然鹰钩鼻子大臣、老鼠眼睛大臣和山羊胡子大臣来到了欢乐的人群当中。他们看见了正在歌舞的

七位姑娘,"呵啧啧"地惊呼了一声,就扯开喉咙嚷起来:

比露珠还新鲜的姑娘在这儿啦!
比小溪还活泼的姑娘在这儿啦!
比仙女还美丽的姑娘在这儿啦!

他们嚷完,伸手就去拉扯姑娘们。邓珠达哇把妹妹们护在身后,高声说:"你们是什么人?有什么事对我说,我是她们的阿姐。"鹰钩鼻子大臣说:"万人之上的国王要你们去做妃子。"老鼠眼睛大臣说:"你们前世修得好,今世要享福啦!"山羊胡子大臣说:"快打扮打扮,跟我们走吧!"

邓珠达哇哈哈地笑着说:"这就怪了!俗话说,熬茶各有各的铜锅,烧火各有各的皮筒,相爱各有各的情人。谁都知道,国王有三百个天仙一样的妃子,哪里还会要我们去做什么妃子!"老鼠眼睛大臣说:"三百个妃子国王全不爱,就想摘你们这七朵娇嫩的花儿!"

七位青年早已怒火中烧,他们说:"腿肚子虽细也有三条筋,我们穷人也能懂感情。请三位大臣快回去吧,就说七位姑娘已经和我们订了婚。"

鹰钩鼻子大臣哗地抽出宝刀骂道:"我要不是看在七个姑娘分上,就杀死你们这七个臭乞丐!"

老鼠眼睛大臣一把揪住邓珠达哇,命令道:"快叫上你那六个妹妹,跟我们走吧!"

又健壮又灵活的邓珠达哇手一甩,把老鼠眼睛大臣摔了个四脚朝天。看热闹的乡亲们哈哈大笑起来。鹰钩鼻子大臣和山羊胡子大臣想上前帮忙,七位青年拔出了七把亮闪闪的钢刀。三位大臣威风凛凛地来,现在只能灰溜溜地逃跑了。他们走了很久,还听见老百姓的嘲笑声。

当天晚上,国王派了几百名士兵,把七位勤劳勇敢的青年抓走了。邓珠达哇的六个妹妹哭成了泪人儿。像百灵鸟一样伶俐的二妹说:

"心上的人啊,愿来世我们变成两只飞鸟,自由自在地在云中飞翔,再不受恶人的欺负!"像月亮一样秀丽的三妹说:"我的亲人啊,愿来世我们变成两颗星星,终身在蓝天依傍!"像达玛花一样娇艳的四妹说:"我要和他变作两尾金眼鱼儿,在看不见底的河水中深藏!"还不等五妹六妹哭诉出口,邓珠达哇早就不耐烦了,她高声说道:"什么来世来世,难道你们今世就愿意去做国王的妃子?难道你们今世就眼看着自己的爱人被杀死?"

听她这一说,六个妹妹哭得更伤心了。最聪明的七妹说:"我们小小七个姑娘,能救得出他们吗?老人们不是常说,'斧子砍石头,吃亏的是铁'吗?我们再齐心,也没办法啊!"邓珠达哇说:"丝团儿那么小,还能把大山绕呢!我们七个人就不能对付一个坏心肠的国王吗?"六个妹妹的眼睛都亮了,齐声说:"阿姐,你说怎么办,我们就怎么做。"邓珠达哇把手往地下狠狠一劈,说:"办法简单得很,山是干的搬起来难,人是湿的搬起来易!"

像羊羔一样温驯的六妹惊叫起来:"啊啦啦!我们能杀得死有万人保护的国王吗?"邓珠达哇说:"饥饿的雄狮能够杀伤大象,我们为什么就不能杀死狠毒的国王?"她把六个妹妹叫到面前说出了自己的计策。

帐篷外响起马蹄声,是国王派人抓她们来了。温柔的六妹和娇小的七妹发起抖来。邓珠达哇瞪了她俩一眼,说:"没出息的狗见了生人,没咬以前就汪汪叫了;没心计的人见到仇敌,还没交锋神情就变了!"六妹和七妹被阿姐提醒了,赶忙和阿姐们一起找出最好的衣服穿起来,等待邓珠达哇吩咐。

邓珠达哇和妹妹们,跟着鹰钩鼻子大臣、老鼠眼睛大臣和山羊胡子大臣到了王宫。国王见了这七个露水一样新鲜、溪水一样活泼、天仙一样美丽的姑娘,高兴得站都站不稳了。他那一双饿狼一样的眼睛扫来扫去,最后看定了邓珠达哇,痴笑着说:"从眼睛里我看出你最多情,今天晚上我先跟你在一起吧!"邓珠达哇故作羞答答地说:"您先跟我在一起，我的妹妹们可要伤心了！今天是个好日子，我们大家在一起欢乐欢乐不是更好吗？"国王听了，觉得身子都要飘起来了，狂笑着说："好，好，依你，拿酒来！"

美酒送来了，国王喝了一碗又一碗。邓珠达哇和妹妹们又唱歌又跳舞，比七个仙女还要动人，比七只天鹅还要美妙！嘹亮的歌声把国王醉倒了，灵巧的舞姿把国王醉倒了，芳香的美酒把国王醉倒了！月亮滑到西天的时候，国王已经像一只死狗熊，瘫在地上动也不能动了。

邓珠达哇做了个手势，七姐妹一齐动手。她们用绳子把烂醉如泥的国王捆了个结结实实，还用布把他的大嘴堵得严严的。邓珠达哇举起雪亮的短刀，结果了这个坏事做绝的恶人的命。

她们打开牢门，放出了七个青年和所有无辜被关的穷苦人。这一群获得自由的勇敢的人们，杀死了鹰钩鼻子大臣、老鼠眼睛大臣和山羊胡子大臣之后，一致推选勇敢而机智的邓珠达哇做他们的国王，七个雄狮般的青年都做了她的大臣。这七对青年男女终于结成了夫妇。

邓珠达哇凭着自己的聪明才干，把国家治理得很强盛。百姓们都拥戴这位英明善良的女国王，谁要是问他们："你们的君主是谁呀？"

他们会骄傲地告诉你：

"是勇敢的邓珠达哇！"

故事小火花

国王荒淫无道，不顾姑娘们的意愿，想抢占为妃。勇敢的邓珠达哇，想出一条妙计，联合六个妹妹把国王灌醉，杀死了这个坏事做绝的恶人。

知道中国，多一点

酒：我国是酒的故乡，也是酒文化的发源地，相传酒是杜康发明制造的。一天晚上，杜康做了一个奇怪的梦，他梦见一个鹤发童颜的老翁对他说："你以水为源，以粮为料，再在粮食泡在水里第九天的酉时找三个人，每人取一滴血加在其中，即成。"酿成之后，杜康想，这饮品里有三个人的血，又是酉时滴的，就写作"酒"吧，怎么念呢？这是在第九天做成的，就取同音，念酒（九）吧。

日积月累

驱魔要有铁石心肠，斗敌须具刚毅勇气。——谚语

与老鹰精决斗

讲述者：宋德秋 / 搜集整理者：宋军 / 搜集时间：1987 年 / 流传地区：株洲浏阳一带

相传很久以前，有个叫张羽的少年，十五岁，长得十分结实，并且从小就跟父亲学了一身好武艺。

一天，他听说几十里外有座老鹰山，山上有只凶恶的老鹰精，常常出来伤害人和牲畜，他决定去除掉它。

这天，太阳刚刚出来，张羽就带着干粮、弓箭和斧子，告别了乡亲们和父母去除老鹰精。

张羽跋山涉水，经过了许多艰难险阻，终于到达了老鹰山下，他也顾不上休息，抓着树枝、树藤一步一步往上爬。爬到半山腰时，汗水一串串向下流，他又渴又饿、十分疲劳，但一想到老鹰精伤害人和牲畜的情景，就暗暗下决心：为了给乡亲们除害，我宁肯牺牲自己也要与老鹰精决一死战。于是，他鼓足了勇气，继续住上爬，终于爬到了山顶。他累极了，真想好好地睡一觉。突然一阵阴森的大风刮来，远处的天空上，飘来一朵乌黑的云，把太阳遮住了。乌云里不时传来一阵阵小孩的啼哭声。他知道，老鹰精躲在乌云里把人又抓回来了。他赶紧从背上取下弓箭，正准备射出，但又一想，要是射中老鹰精，孩子不就从空中掉下来摔死吗？怎么办呢？于是他就故意高声喊："老鹰精，你专抓小孩算什么本事，你敢跟我比武艺吗？"老鹰精一听，飞出了乌云，张着尖勾嘴，凶狠地答道："你这个小毛孩想找死。"它飞向一个岩洞里，将一个五岁的小男孩放入洞中，跳了出来，伸开双翅，转动着圆圆的眼睛，张着尖利的嘴，从高空向张羽冲来，张羽眼明手快趁势向右边一躲，老鹰精扑了个空，正好撞在岩石上，张羽趁机跨在老鹰精背上，左手按住老鹰的头，右手拿着斧子，猛向老鹰精翅膀砍去。老鹰精负伤了，倒在地上，嘴里忙叫饶命。张羽咬牙切齿地说："你害了多少人的性命，伤了多少牲畜，今天饶不了你的命，你的末日到了。"说完，张羽举起斧子向老鹰精头上砍去，只听尖叫一声，这只老鹰精就一命呜呼了。

　　这时，天渐渐地黑了，张羽想，今天回去不了，明天再走吧。他趁着天还有一些亮，跑到岩洞里，和孩子一起找了水，吃了干粮。第二天，天刚刚亮，张羽就找一根藤条，把孩子绑在自己身上，一步一步地下崖去了。

故事小火花

　　张羽不但武艺高强，而且头脑灵活，用激将法引出老鹰精决斗，为民除害，毫发无损地救出孩子。

知道中国，多一点

老鹰：是世界上寿命最长的鸟类，它最高可活到七十岁。在四十岁的时候，它为了生存要经历炼狱般的换羽过程：将老化的喙、爪子上的指甲、身上的羽毛拔掉，等待新生。老鹰脱胎换骨后，就像涅盘后的凤凰，继续遨游于万丈苍穹，展示它的王者之姿。

日积月累

用刀枪是下计，用智慧是上策。——谚语

机智的老山羊

讲述者：富俊清 / 搜集整理：杨淑英 / 搜集时间：1983 年 / 搜集地点：新宾 / 流传地区：辽宁省新宾满族自治县

山羊比绵羊活泼、矫健，喜欢登高、飞跑，甚至有时能爬上小树，走起路来，总在羊群最前头。因为这个，有的人总喜欢把两只山羊放在绵羊群里一同饲养。

据说很早很早以前，有一个财主雇了个小孩给他放羊。这群羊，差不多都是绵羊，只有一只山羊，而且又老又瘸。财主心想：为了叫他把羊放好，我得糊弄他一下。

有一天，小羊倌放羊回来，财主指着羊群皮笑肉不笑地对他说："小羊倌，明天好好放羊，早些把羊群赶回来，我给你杀那个老山羊吃。"小羊倌高高兴兴地答应了。谁知，这话却被老山羊听得清清楚楚。老山羊心里真难受啊！别的羊也都为它发愁，一晚上大家悲痛极了。

第二天，小羊倌赶着羊群又上了山。老山羊低着头，一瘸一瘸地走在羊群的最后边，难过得两眼淌着泪。别的羊也在唉声叹气。

山上的草，谁也不想吃了。这群羊都围在老山羊周围，谁也想不出方法来。突然有一个长着一身长绒毛的小绵羊，咩咩咩地叫了几声，说道："我看，还是把老爷爷藏起来吧，免得今晚被财主杀害。"大家也说："对，对！"说着就把老山羊藏了起来。天快黑了，小羊倌想起财主的话，急忙赶着羊群下山了。小羊倌太高兴了，竟忘记了查点羊数。到家之后，老财主来到羊群跟前东瞧瞧西望望，找了半天，也没见到那只老山羊，心想幸亏老羊没回来，这倒不能怪我不杀羊给他吃。可是财主却绷起脸，对小羊倌说："看看，那只老山羊没回来，明天上山好好找找，晚上早些回家。"小羊倌答应了一声，财主一甩袖子走了。再说那只老山羊它孤零零地站在荒郊野外。北风呜呜地刮着，草木沙沙地响着，忽然，不知什么东西噼噼啪啪地响起来。老山羊真有些害怕，心想若是来了猛兽可怎么办？听着听着，忽然传来哗哗的声音，好像从远处来了什么动物。这声音越来越大，啊！听出来了——是只野狼在喘着粗气，越来越近了。老山羊想我现在反正是死，不如跟你斗一斗，就咳嗽两声，大声地说："我一嘴尖尖两嘴长，昨天吃了两只虎，今日没见一只狼。"

狼猛然听到这话，吓得转身就跑，它一口气不知穿过多少座山，越过了多少条河，累得它满身是汗，最后一点力气也没有了，才坐下来休息。这时正在树上吃果子的猴子，看到这只狼的狼狈相，觉得奇怪，喊了声："狼哥哥，你怎么了？"这一声又把老狼吓得浑身发抖。它抬头一看，是只小猴，才放下心，有气无力地闭上眼，低下头来。它累得连说话的气力也没有了。过了一会儿，小猴又问："狼哥哥，你怎么了？"这时狼勉强打起精神，回想起方才那可怕的情景说："不好了！不好了！山中来个怪物，那怪物长了三张嘴。它说昨天吃了两只虎，今天没见一只狼，可见它今天是要吃我的。多亏我跑得快，才……"狼说到这里，又害起怕来，便说："我们不能久留，得赶快逃走。"猴子又在追问："什么样的怪物？它在哪里？"狼顺手指了指它来的方向，便朝前跑了。正在这时，一只猛虎从前面走过来，猴子跑上前给老虎深深行了个礼说声:"虎爷爷好!"老虎四腿一叉只"啊"了一声。猴子接着说:"这一带重山峻岭不是虎爷爷你为王吗?"老虎挺起高大的身躯,瞪起两颗圆溜溜的大眼睛,那眼珠不断滚来滚去,粗声粗气地答道:"那自然。"猴子又说:"方才我见到狼哥哥,他说山中来了长着三张嘴的怪物,昨天还吃了两位虎爷爷呢。"这时,只见老虎的两个眼珠一动也不动,小声问:"此话当真?"猴子歪着头,理直气壮地说:"谁敢跟虎爷爷说谎。"这时老虎耷拉着脑袋一声不吭了。小猴子奇怪地问:"虎爷爷你怎么了?我们还是去看看吧!"老虎心想,再怎么也斗不过人家三张嘴的怪物,赶快躲起来吧,就说:"不去,如果那怪物冲来,你可以上树。可我怎么办呢?"猴子接着说:"谁不知道你虎爷爷跑起来好似一阵风,快极了。斗不过你就跑呗!"老虎低着头摇来摇去。闭着双眼一边想一边说:"干这种冒险的事合适吗?"聪明的小猴说:"我看这样吧,在你身上套个绳套,把我也套在里面,如果遇到紧急情况我上树便带上了你。如果需要跑你跑得快,就把我也一同带跑了。"就这样他们去寻找那个怪物去了。

第一天夜晚总算过去了,第二天黑夜又来临了。这时一阵凉风吹来,吹得树林哗哗作响。噼噼啪啪地响声和野兽的嚎叫声混成一团,老山羊倾听着。忽然听到一阵粗声粗气,它马上意识到这是一个庞大的猛兽。这声音越来越近,看样子快接近自己了。这时老羊又猛然高叫起来:"我一嘴尖尖两嘴长,昨天吃了两只虎,今日没见一只狼。"它这么一喊把老虎吓得转身就跑。不知穿过多少座山,越过多少条河,老虎

累得满身是汗。它想站下来喘喘气,可是哪敢站下呀!就这样又不知穿过多少座高山,越过多少条大河,最后累得上气不接下气,躺在一棵大树底下。过了好久好久,它伸伸腿,碰到身后一个什么东西,转过来一看是拖着的小猴。怪不得把我累成这样,老虎笑了起来,说:"都要把我累死了,你还龇牙笑呢!"谁知在老虎猛跑的时候腰间的小猴早被绳子勒死了。

老山羊经过这两天所发生的事心想,世界上的一切事物不能只是害怕,只要多动脑筋想出巧妙的办法,就能取得胜利。

老羊对生活又产生了信心,它不断锻炼,后来竟在头上长出两个尖锐的角。这角能与猛兽搏斗,人们都称它为勇敢的老山羊。从此,山羊这个名字就和"勇敢"联系在一起了。

故事小火花

老山羊在面对野狼、老虎时,没有一味地害怕等死,而是开动脑筋想出巧妙的办法,吓走了猛兽,保全了自己。

知道中国,多一点

山羊:羊是第一批被人类驯养的家养动物之一。山羊的角细,很长,向两侧开张。它勇敢活泼,敏捷机智,喜欢登高,善于游走,属活泼型小反刍动物,爱角斗。

日积月累

办事看智慧,遇敌看勇气。——谚语

纳米寨（布依族）

讲述者：蒙登科 / 搜集整理：罗文亮 / 流传地区：贵州省罗甸县罗悃区

远古的时候，天和地刚刚分开，人类刚造成不久，在混水河边有一个寨子，住的全是纳米①，人们都叫它纳米寨。

纳米寨的姑娘们晓得河对岸的纳闹寨，住的全是晓胞②，都想过河去找他们玩。但是混水河又宽，波浪又大，特别是河里有条"德杠"③，有九条水母牛那样大，在河里称王称霸，见人下河就要把人吃掉。姑娘们要想过河找后生，你说艰难不艰难？

话说回来，姑娘们总不能就这样下去呀！她们当中有个叫纳菊的长得像冗练④一样的漂亮，她对大家说："姐妹们！我们用木棉树挖支独木舟坐着过去，德杠就吃不了我们喽。"

纳青和纳荞带头赞成，大家都点了头。

---

① 纳米：布依语，姑娘。
② 晓胞：布依语，后生小伙。
③ 德杠：布依语，一种凶恶的大鱼。
④ 冗练：布依语，月亮。

木棉树独木舟做成了,她们推到河里,刚要坐上去,只见一排大浪像小山一样地打来,浪后面是那条德杠,张开血盆大嘴,恶狠狠地盯着她们。

纳菊她们跑得快,脱了险,但独木舟被大浪掀翻在河沙坝上,过河的打算又落空了。

德杠掀起的波浪太大,一直涌到堰沟边,把堰沟冲垮了好几处。纳菊和姑娘们赶忙用糯米粑堵住。大家又气又恨,下决心一定要过河到纳闹寨去。

再说纳闹寨的晓胞们,也想过河到纳米寨去,因为德杠凶恶,没有去成。有个后生叫列交,胆大气壮,自告奋勇先过去。

大家不放心,怕他遇见德杠。他说:"你们放心,等我好消息吧。"说完,拿起一把牛耳尖刀,跳进混水滔滔的河里。

列交在河里向对岸的纳米寨凫去。还没凫几下,就被游过来的德杠一口吞了进去。他在德杠肚内,感到粘糊糊的,黑闷闷的,赶忙爬到德杠的喉咙管上,趁德杠的嘴露出水面的时候透透气。这时他忽然

有了主意，何不就让德杠把自己带到对岸呢？

于是，列交听凭德杠游呀，游呀，不晓得游了多久，他感到德杠不动了。眼前也明亮了许多，便从德杠嘴巴朝外一看，哟，到了一个从没到过的地方。

列交晓得到了纳米寨了，取出尖刀，在德杠喉咙管里一阵乱捅乱戳，德杠受了伤，拼命挣扎，一下窜出水面，一下潜到水底。列交毫不松劲，一刀紧似一刀，终于杀死了德杠，钻出来，上了岸。

好一处纳米寨哟！列交一边走一边看。只见沿河岸的木棉花开得红艳艳的，满山的黄果树绿油油的，地头的甘蔗已经封林了，田里栽的秧也已经转青了。在晒坝上和草坪上，还晒得有一手手的蜡染和土格布。列交想：纳米寨这样美，纳米们一定更好看！

列交又累又饿，想找点东西吃，再去看寨里的姑娘。他走到一条堰沟边，看见有一团糯米粑糊在堰沟上，就拿下来吃了。哪个晓得堰沟的水哗哗地淌出来，原来糯米粑是用来糊堰沟的。列交晓得自己做了错事，害羞得很，姑娘也不敢去找了，在一处竹林里躲起来。

这时，从寨里走出来一群纳米，嘻哈打笑的。列交从竹缝里看出去，一个个长得像木芙蓉那样好看，戴着头帕，穿着裙子，衣服绣着栏干图案，从来没见过。列交最喜欢走在当中那个，脸盘子红润、光亮，月亮都比不上的姑娘。看着看着，列交的眼睛都花了。

纳菊还不晓得有人在偷看自己。她和姑娘们走过堰沟，见堰沟漏水了，都很奇怪：堵得好好的，咋个漏了？

纳青胆子小，说："哟！怕是德杠又掀水来冲垮了！"

大家说："不是不是。糯米粑冲脱了是在的，可现在连影子都不见！"

纳菊心细，想了想说："我看是有人扯走了。你们看这沟边有脚印。"

大家说："哪个这样饿痨，会来吃糯米粑？"

纳荞性子急，说："算喽算喽，除了我们，哪点还会有人？"

姑娘们又用糯米粑把堰沟的缺口糊起，然后一起向河坝边走去，仍想过河到纳闹寨。

走到河边，姑娘们惊住了："德杠被杀死在沙滩上，混水河风平浪静，变得清花绿亮。大家七嘴八舌地议论起来，有的说："这个人为大家除害，一定还是个好心肠人！"

纳荞鼻子尖，皱皱鼻子，突然说道："哟！我闻到一股气味，香喷喷的！"

大家一闻，果真有一股特别的气味。纳荞叫起来："我晓得了，这是男人的气味！"

纳菊说："糯米粑不在，德杠被杀死，莫非河对岸的纳闹寨过来人了？"

姑娘们连忙四面八方找起来，找到竹丛里，发现了列交。纳荞大声喊道："纳菊姐！这里果真有个男人，你快来看！"

纳菊一听，不晓得为哪样，突然害起羞来，脸上火辣火烫的。

这个故事结果怎么样了呢？不说你也晓得。姑娘们问清了列交的情况，都很高兴。纳菊和列交成了一对。河里没有德杠，纳米寨的姑娘和纳闹寨的后生，经常你来我往，成双成对。就这样，天下的人烟慢慢地多起来了。

故事小火花

聪明、勇敢的列交被大鱼吞到肚子里，他没有害怕，而是让大鱼带他到对岸的纳米寨。等到了纳米寨，列交取出尖刀，在大鱼喉咙管里乱捅乱戳，杀死了它，钻出鱼肚子上了岸。

知道中国，多一点

布依族：多分布在我国贵州地区。布依族有着悠久的种植水稻的历史，被称为"水稻民族"，喜食糯米，故事中姑娘们就是用糯米粑来堵住堰沟。布依族的蜡染同样历史悠久、久负盛名，故事中的纳米寨晾晒着很多蜡染和土格布。

日积月累

意志是勇气,智慧是力量。——谚语

第②篇 勇气长一寸,困难缩一尺

初生牛犊不怕虎

搜集人：郭儒贤 / 流传地区：辽宁省锦州市凌河区

阳光和煦，清风徐来，山的阴坡上有一老牛和牛犊在啃青草。

牛犊浑身嫩黄，细角萌露，四肢发达匀称，表现出青春的健美，它的内心对生活对世界充满了憧憬和求索……

突然，一只斑斓猛虎从山林里走下来，那饥饿凶狠的目光像一对明晃晃的小灯泡在照射。

"快跑！虎来了！"老牛对牛犊喊。可是牛犊安然地望着朝自己靠近的老虎，不但没有一点畏惧，反而悠然地迎上前去搭讪："你是干什么的？你叫什么名字？"

老虎长啸一声，大叫道："我是兽中之王，你这个小牛犊子难道不怕我吃了你？"

"我没惹你，凭什么吃我？"牛犊顶撞说。

"你见到我本应退避三舍，逃之夭夭，反而强词夺理，胆大包天，今日叫你死了连块骨头也回不去。"老虎说罢就猛扑过来。牛犊闪身躲开，它凭血气方刚，两只嫩角，浑身力气，无所畏惧地同老虎周旋……

老虎生平还未遇过敌手，不管是兔、羊、猪哪个不是俯首帖耳受死，今日牛犊竟敢迎战，不由无名火起，先乱了阵脚，扑剪失灵，灭了威风，便悻悻而去……

牛犊见了却"哞哞"高叫道："你再来侵犯，我就扯碎你的皮，嚼了你的筋，抠出你的眼珠当球踢……"

老牛急忙跑回来说："傻孩子，你咋能同老虎开战？它是咱们的兽中之王，凶恶得很呢。"

牛犊说："天下是万物天下，大家互相都要平等相待，哪里有不平等，哪里就有反抗。"

老牛听了十分慨然，说："真是初生牛犊不怕虎，长出犄角倒怕狼了。好孩子，你的精神是值得大家学习的。"

故事小火花

牛犊虽然年龄小，力气弱，面对强大的老虎却毫不畏惧，追求平等相待。哪里有不平等，哪里就有反抗。牛犊的精神值得大家学习。

知道中国，多一点

初生牛犊不怕虎：这是我国一句常见的成语，最早出自于《庄子·知北游》："德将为汝美，道将为汝居，汝瞳焉如新出之犊，而无求其故"。本义是指刚出生的小牛不害怕老虎，比喻年轻人思想上很少有顾虑，敢作敢为。

日积月累

勿怕没勇气，只怕没志气。——谚语

比胆量

讲述者：王志成 / 搜集整理者：王自礼 / 搜集时间：1986 年 / 流传地区：陕西省宝鸡县蟠龙乡

老虎一看天下的动物有点不大听话，就召开了个比胆子大会。比法是：谁来和它斗，胜了的就是冠军。

动物一听，早吓得缩起脖子，大气也不敢出。

老虎一看，没有敢上台的，就说："没有敢比的，这冠军就是我了。今后，你们谁再不听话，我可就不客气了。"

说罢，它取下奖杯，就要走。忽见跳蚤站出来，说："慢着，你凭什么自吹胆子大，当冠军？"老虎一看是跳蚤，很瞧不起地说："我是百兽之王，大吼一声，山摇地动，嘴一张，能吓死群兽。我天不怕，地不怕，谁敢说我不是英雄。"

跳蚤说："行啦，你见了猎人，跑得比哪个都快。我枪炮不惧，刀箭不伤，才是真正天不怕，地不怕的英雄。天下属我胆子最大。"老虎说："敢和我比吗？"跳蚤把头一歪，说："只怕你比不赢哩。"老虎仰起头，哈哈大笑着说："你死在眼前，还这么狂妄？"跳蚤说："究竟谁死，还说不定呢。"老虎一听，差点把肚皮气破。"少啰嗦，有胆子，就来斗几个回合！"

跳蚤说："要跟我斗，你可别后悔啊！"

老虎实在忍不住了，就大喝一声，向跳蚤猛扑过去。跳蚤也不示弱，向前一跳，躺在老虎肚子下面，嘻嘻嘻嘻笑个不停。老虎向后一退，想用前爪压住它，跳蚤早已蹦上虎背，边唱边舞，惹得动物们哈哈大笑。跳蚤跳毕，说："虎大哥，该认输了吧？"老虎说："别高兴得太早了。"话没落点,它闪电一样,在地下打了个滚,想把跳蚤压死。跳蚤没等它倒下,已经跳到相反方向去了。老虎拿出十八般武艺,嘴咬、脚踢、爪抓、尾扫,本事使尽,非但没起作用,跳蚤还蹦到他的头上去了。跳蚤坐在老虎天灵盖上,指着老虎鼻子,说:"虎大哥,我看'胆大如虎'这句话,应该改成'胆大如蚤'吧。"

老虎大声说:"有本事,下来斗!"

跳蚤说:"还不服气啊,那就别后悔哟!"说着,它跳下来,逃跑啦。老虎哪肯放它,在后撵着扑。到了悬崖边,跳蚤猛一蹦,乘风飘到沟底,向上喊道:"有胆子,你也跳下来!"老虎站在崖边,难住了,不跳吧,要惹动物们耻笑,今后失了威,还怎么称王哩?跳吧,这一下去非死不可。思来想去,还是保命要紧,就想后退。这时,跳蚤在下边高喊:"老虎输了,老虎输了!"这一喊把老虎逗躁了。为了护面子,它大吼一声,从崖上扑下去,结果摔死了。

故事小火花

老虎威猛强大，跳蚤弱小，但是老虎却敌不过一只跳蚤，说明了尺有所短，寸有所长的道理。

知道中国，多一点

尺有所短，寸有所长： 源于《楚辞》，也简称为"尺短寸长"，"尺"和"寸"都是我国古代的计量单位，整句成语的意思是指尺虽然比寸长，但是也会有它的短处，寸虽然比尺短，但也有它的长处，因此用来比喻人或事物各有各的长处和短处，不应太过骄傲，也不要盲目自卑。

日积月累

跛子骑瞎马——各有所长（歇后语）

捉旱精

讲述者：韦习弄、罗华林、尕岑等 / 搜集整理：立浩、汛河 / 流传地区：贵州省册亨、望谟、安龙等县

在我们布依族居住的地方，不管是田边边，还是地角角，都有一个个水井或水坑。据说这是我们的祖先翁戛捉旱精时留下来的。

那是在很早很早以前，离我们这里很远很远的西方，有座很高的火焰山，山上有个万恶的旱精。因他常年住在火焰山上，浑身上下都能像柴灰汲尿一样汲水，只要他的身子一挨着水，不管多大的水塘，一下子就被吸干了。他喝起水来，肚子更是无底深坑，一气能把一条

小河的水喝干。

这个旱精，经常在天黑以后出来作恶，把所有的河水吸枯，水井喝干。因此，祖先们年年遭到干旱，无水灌田浇地，种不出庄稼。纵然有年把勉强种下一点种子，等种子发芽，禾苗转青时，旱精又来把田里的水喝干，让田土张口开大裂缝，禾苗全都枯死。庄稼无收成，大家吃不上五谷，只好像最初开天辟地的时候那样，嚼野菜裸，吃野兽肉，啃野果果过日子。

翁戛和大家一样，吃不下，睡不着，他一连想了三天三夜，才想出了一个办法来。他和大家商量说："我们去山上扯些藤藤来，挽成套套，去安在各处路口套旱精。"大家听了，都认为这个办法好。

第二天，大家上山扯来了几多葛藤，挽了九十九个套套，安在四道八处。安好后，大家就捞起木棒，拿着石块，躲在草蓬蓬里，只等套住旱精，一起把他打死。等呀等呀，天一黑，果然旱精又来了。他头一脚踩进一个套套里被套住了。大家正要赶上去打他时，只见他把脚轻轻一抬，套套就绷断了。旱精打脱以后，接着又"噼里啪啦"地走遍了安套套的地方，把所有的套套都踢脱绷断了，并"哈哈哈"地大笑说："好呀，你们想套我哩！等我把到处的水都喝干汲净，看你们喝个屁！"说完，"呼噜呼噜"几下子把所有的水都喝个罄尽，就大摇大摆的回西方去了。

以后，翁戛又和大家在一起商量捉旱精的办法。他说："这回我们把三根藤藤扭成一股，再挽成套套，安在各处路口，看这个挨刀的旱精还绷得脱挣得断不？"大家又上山拉来几多葛藤，拿三根三根扭成一股，挽成套套后，还是去安在四道八处。

这天天黑以后，旱精又来了。他一脚踩进套套里，这回咋个扯也扯不脱。绷也绷不断。翁戛见了，大吼一声："看你这个挨千刀的旱精往哪里跑！"一边骂一边带领躲在草莲蓬里的众人赶上来。旱精慌了，急忙弯腰埋头下去，用他尖尖的牙齿，"喊哩喀喳"几下，把套套咬断逃跑了。旱精边跑边回头来骂："好呀，任你们再扭多粗的套套，都支不住我尖尖的牙齿咬一咬。等倒起,看我天天来把这地上的水喝得一干二净,把你们一个两个渴得张口喊天,嘴巴都干起果子泡。这样你们才晓得我的厉害!"

这回还是没有套住旱精,大家有些泄气。翁戛也吃不下,睡不着,成天坐在一个大椿树桩上想呀想呀。又想了三天三夜,终于想出了办法,急忙对大家说:"这样吧,我们在田边地角到处都挖些水井水坑,等水井水坑装满水以后,再去扯藤藤来,九根九根扭成一股,挽成套套,在每个井口和坑口上都要安上一个,挨千刀的旱精来了,他一定要伸嘴巴去井里喝水,这样,套套就会勒住他的脖颈,看他还跑得脱?"大家听了,觉得这个办法最好,就照着去准备了。

这天,天一黑,旱精又来了。他这回没有在路口上踩着套套,心里很得意,"哈哈哈"大笑说:"好呀,你们认输了,不敢安套套了吧!"说完就喝起水来。他先喝沟沟里的,喝完了,又去喝水井的。

当他弯腰埋头去喝井水时,就被套套勒住了脖颈,他越挣扎套套越勒得紧。这时,翁戛带领大家从草蓬里跳出来,有的拉紧套套,有的拿棒棒打,有的拿石块砸。"乒乒乓乓",几下就把旱精打死了。翁戛又叫大家架起柴堆,点燃火,把旱精燃化成灰,撒在田土里肥庄稼。

从此以后,水井不会干,水坑水常满,再也不怕干旱了,大家说不出的欢喜。翁戛又带领大家勤奋做庄稼,叫大家在田边边地角角添挖了几多水井和水坑,以防干旱。这个办法,一直传到如今。

故事小火花

翁戛百折不挠,不怕失败,将藤子九根九根扭成一股,制成最粗壮最结实的藤绳,挽成套子安在井口上,等旱精喝水的时候勒住他的脖子。

知道中国,多一点

翁戛:布依族传说天地万物都是翁戛所创造的。布依族创世古歌中,有一首《造千种万物》,描述了翁戛造天地万物的事迹:翁戛打口哨,变成南风呼呼吹;翁戛哈口气,变成朵朵云;翁戛咳声嗽,隆隆响雷声;翁戛喷碗水,大雨下不停。

日积月累

不怕没勇气,只怕没决心。——谚语

阿利捉风（仡佬族）

讲述者：赵银周（79岁，仡佬族）／赵青云（68岁，仡佬族）／采录者：李道（35岁，苗族）、罗懿群／采录时间：1980年／采录地点：黔西县羊耳公社松河大队

很古很古的时候，有个风怪叫阿万，它无凭无故乱刮风，它一刮起风来，吹泥巴，泥巴飞；刮树，树倒；吹房，房垮；吹岩，岩崩；吹坡，坡歪……简直搞得天昏地暗，地动山摇，害得人们无法过活，个个心焦。

有个叫阿利的人，本领高强，点子很多。眼看着大家遭害，他决

定带领大家去捉风。他先把大牛拿来宰，牛肉分给大家吃，把牛皮铺到山垭口上，就领起大家去捉风。大家从平地围到山冲，从山冲围到坡脚，从坡脚围到山垭，风怪阿万被围得东奔西跑，这家伙踩着牛皮滑倒了，阿利冲上去一下把它揪住。阿万说："我家有九兄弟，你逮着我一个逗什么能！"阿利说："你有九个，我就捉九个，要把你家弟兄全捉归一！"

阿利领着大家，把风怪阿万家弟兄九个全都捉到了，拿来关在坑坑头。先砍刺来拦起，又拿石头再压起，人世间也就清静下来了。

可是，过不多久，又刮起大风来了，仍然吹得天昏地暗，地动山摇。大家都很奇怪，阿利咋呼[①]喜鹊去察看，喜鹊去了不见回来；阿利咋呼箐鸡去察看，箐鸡去了也不见回来；阿利咋呼斑鸠去察看，斑鸠去了也不见回来；阿利再咋呼猫去察看，猫转来说："耗子抠了两个地洞，打脱了风怪的两个兄弟，就是风怪的那两个兄弟在作怪。"

阿利想：要是把它们全都捉来关起，人世间没有一点风也不行。于是，他把阿万的两个兄弟喊来订条规。阿利说："从今以后，不许你们乱刮风，规定每逢二三月间春草发，毛呼呼[②]叫的时候你们再转来；五六月天气热，大家嘘哨逗你们，你们再转来。若是乱来，我就把你们捉来再关起。"

所以现在要逢着季节，才吹风了。至于阿利咋呼喜鹊、箐鸡、斑鸠去察看刮风的原因，它们都一去不回，后来都变成了野物。猫回来了，后来变成了家猫。

故事小火花

阿利本领高强，带领大家把风捉住关起来。他还给风定下规矩，

---

① 咋呼：喊，派遣。
② 毛呼呼：猫头鹰。

不许他们乱刮风，要适应人类的生存需要。所以，现在风要随着季节的变化而变化。

知道中国，多一点

风怪：《西游记》中有智斗黄风怪的故事。黄风岭黄风洞中有个黄风怪，他手下的虎先锋用计将唐僧抓入洞府，想吃掉唐僧。最后孙悟空请来灵吉菩萨，用飞龙杖降服黄风怪，使之现出黄毛貂鼠的本相，救出了唐僧。

日积月累

昨夜狂风度，吹折江头树。淼淼暗无边，行人在何处。

——（唐）李白

残暴可汗不得人心（哈萨克族）

讲述者：努热合买提（60岁，哈萨克族）/采录者：龚茂夫/流传地区：新疆维吾尔自治区米泉县柏杨河乡

早年间，有个残暴的可汗统治着草原，穷苦牧民还不如一只羊羔值钱。可汗手下有三百多个打手，他们仗着权势，作威作福，欺压牧民，成天干着伤天害理的事。

有一天，可汗领着他的随身仆从热汗，带着众打手进山打猎，来到一座山前，河流挡住了去路。可汗勒住马，朝四面山上望了望，见对面山坡上有十来只绵羊在吃草，旁边坐着一个衣服破烂的小孩在放羊。可汗看没有野物可打，就命令热汗："告诉大家，把羊群做目标，谁若射死三只羊，就得奖赏"。

顿时，打手们在马上拉弓搭箭，向羊群射去，十几只羊都先后被射死，孩子去护羊，也中箭倒在地上。这时可汗高兴地大笑起来，命令打手们把羊驮在马上回家，根本不管牧童的死活。

可汗走后不久，小孩渐渐地苏醒过来，他挣扎着站起来，哭着喊着："我的羊呀！………"但因伤势过重，走了几步，就又晕倒了。

这时，青年牧人哈利别克骑着青鬃马从山后赶来一看，弟弟身上中了三箭，鲜血染红了身边的青草和石头。

哈利别克急忙跳下马，把弟弟抱在怀中，急切地问："怎么回事，弟弟！是谁把你射伤的？"

孩子无力地睁开眼睛，用微弱的声音断断续续地说："可……可汗，他射死了羊，射伤了我……"说完就垂下头，死去了。

哈利别克轻轻地把弟弟放下，真想立刻找可汗讲理，又一想，自己力量单薄，家里还有老母，只好强忍着心中怒火，把弟弟埋葬后，骑马回家去了。

到了秋天，一年一度的射箭比赛在草原上举行了。这一天，牧民们都起得很早，带着物品到独山子山前的平川上聚集，哈利别克特意在腰间插上短刀，也前去参加。

太阳刚从天山顶上升起，射箭比赛就开始了，只听得"飕飕"的射箭声和不断的喝彩声，整个赛场顿时活跃起来，人们沸腾了。突然，几十个打手从远处飞马而来，在马上大叫："可汗驾到，快快迎接"！

可汗来到人群中间，满面堆笑地说："比赛继续进行！"当射箭将要结束的时候，热汗忽然向可汗献媚说："尊贵的可汗，您何不趁这机会让大家见识见识您神妙的箭法呢？"

可汗一听，吩咐道："取我的弓箭来！"

他站在百步之外，拉开弓，只听"飕"的一声，正好射中箭靶心。

打手们立刻喝彩道："可汗的神箭真是天下第一！"

可汗高兴地对热汗说："来，来！拿两个金碗放到两个小孩的头上，我和你比试比试。"热汗立刻叫两个打手从人群中抓来两个小孩，头顶金碗，并排跪在草地上。牧民们见此情景，急得浑身冒汗，两眼盯住可汗和热汗。哈利别克更是火冒三丈，要冲出去救小孩，旁边的老牧民一把拖住他。

热汗为了取得可汗的欢心，便存心不叫箭射中金碗，他拉开弓，把箭对准跪在右边的那个孩子的心口。这时人群骚动了起来。一个中年妇女号叫着从人群中挤出来，不顾一切地向跪在右边的孩子扑去。但已经晚了，被热汗一支箭射倒在地，那妇女也倒了下去。

可汗随后射出一箭，但没射中金碗，从孩子的耳根擦了过去。可汗脸一红，急忙又射出第二箭，这支箭射中了孩子的天灵盖，孩子死去了。

这事激怒了众牧民，哈利别克一看时机已到，"飕"地从腰间抽出雪亮的短刀。大声高呼："可汗无故杀人，应该偿命"！

"对，对！杀人偿命"！众人怒吼着向可汗涌来。

可汗一看牧民向他冲来，立刻命令打手们砍杀，许多人被打手砍死。

哈利别克跃上马背，大喝一声，"牧民们！杀呀！为死去的穷哥们报仇呀！"

"冲呀，冲呀！杀死可汗！"被激怒的牧民们挥舞着马刀，一起向可汗猛冲过去。打手们见来势勇猛，调转马头，保护着可汗拼命地向王宫逃去，牧民们在哈利别克的带领下追赶过去。英雄的哈利别克紧紧追赶着可汗，热汗一边保护着可汗逃跑，一边向后射箭，一箭射中了哈利别克的腿，但哈利别克紧咬牙关，把短刀猛地向热汗的背后投去，只听得一声喊叫，心狠手辣的热汗翻身落马，被乱马踏成肉酱，这时，潮水般的牧民挡住了可汗的去路，把几十个打手团团围住，刀起头落，统统杀死了，可是却不见了可汗，大家正在寻找，忽然看见

前面王宫里火光冲天,不一会儿,只见一人纵马急驰而来,近前一看,原来是哈利别克,他手里提着个人头。

哈利别克高兴地举起手中的人头,对众牧民说:"瞧,这不是可汗吗!"

牧民们望着可汗的人头和正在燃烧着的王宫,欢呼跳跃。他们当天分了可汗的财产,并推选哈利别克做这一带牧民的部落首领。

故事小火花

可汗太过残暴,视人命如儿戏,不管百姓死活,哈利别克带领牧民,战胜了可汗的爪牙,取了可汗的性命。牧民推选哈利别克为新首领，人们过上平安幸福的生活。

知道中国，多一点

哈萨克族：我国的少数民族之一，属于游牧民族，生活在草原上。因此哈萨克族的娱乐活动与骑马、放牧、狩猎等密切相关，主要有赛马、射箭、摔跤、叼羊、姑娘追、马上角力等。

日积月累

英雄靠骏马，飞鸟凭翅膀。——谚语（哈萨克族）

牛头山的由来

讲述者：魏英 / 搜集记录：杨玉荣 / 流传地区：河北省蔚县北部

东窑子头村北的大山为什么叫牛头山呢？这里流传着一个牛娃的故事。

很早以前，这里住着一个放牛娃。他心地善良，肯帮助别人，从小没了父母，只有一头老牛和他做伴。一天，他拉着老牛到村北的山上去放，山上的草又嫩又绿，草上的露水珠被太阳一照，就像无数颗珍珠闪着夺目的光彩。这样好的山别人却不敢来，他们说山上有一条大蛇，要吃人。放牛娃心想：有蛇我偏要来，看它能把我怎么样？一连几天过去了，没有发现大蛇，老牛吃着鲜嫩的青草，一天天肥起来。

这天，放牛娃又照常把牛赶到了山上，他拍着牛的背说："你慢慢吃吧，我在山上转一转。"老牛听懂了似的点点头。他走着走着，突然发现地上的草东倒西歪的，还闻到一股异味，"这是怎么回事？"这时一条大白蛇拦住了他的去路。蛇的眼睛有拳头那么大，闪着瘆人的绿光，他的脸吓白了，不知怎么办才好。

这时蛇说话了："放牛娃，你好大的胆子，敢来我嘴边放牛，这座山已是我的天下了，你来得正好，我现在肚子里还饿着呢！"说着就张开血盆大口向他扑来，放牛娃大喊救命，他的伙伴老牛猛然跳来，同蛇战在一起。战了不到半个时辰，蛇筋疲力尽，倒在地上，放牛娃一个箭步扑上去，一顿拳打脚踢把蛇打死了。老牛也累倒了，两眼直直地看着放牛娃，眼泪像断线的珍珠往下掉，它说："放牛娃，我要死了，我本是天上的神仙，见你勤劳善良才变成牛和你做伴。我死后把我埋在这座山上，把头搁在山顶上。"放牛娃痛哭一场，按着老牛的嘱咐把它埋了。

从此，人们就把这座山叫牛头山。

故事小火花

放牛娃心地善良，与老牛相依为命。老牛忠心耿耿，为了救放牛娃，战胜大白蛇牺牲了自己的性命。他们之间的友谊令人感动。

知道中国，多一点

牛：中国有着悠久的农耕历史，牛在农业生活中占据着重要作用，因此在我国的神话故事和民间传说中，有很多牛的出现。例如家喻户晓的牛郎织女的故事，《西游记》里牛魔王的故事，甚至相传中华民族的始祖炎帝神农氏，就是牛头人身。

日积月累

行为最勇敢的人，心地总是善良的。——谚语

腊布除凶龙（苗族）

讲述者：符清明（苗族，已故）/ 搜集整理者：石宗仁 / 搜集时间：1963 年 / 流传地区：湖南省泸溪县潭溪镇

以前，有三兄弟名叫腊阿、腊欧和腊布。父母早死，三兄弟和睦劳动，很快都长成了后生。只因家里很穷，三人都还没有成亲。

一天，兄弟三人一同到地里去薅棉花。薅呀薅呀，薅到日头当顶的时候，热得口渴，便轮着到山湾的泉水边去喝凉水。大哥腊阿去泉边喝水，见桐叶瓢里有一只四脚蛇在躺着，他把四脚蛇扔在一边，咕嘟咕嘟地喝了凉水，又回去到地里薅棉花。

二哥腊欧见大哥回来，他便放下锄头，接着去山湾。来到泉边，拿着桐叶瓢一看，见叶瓢里有只四脚蛇躺着，把它扔得很远很远，咕噜咕噜地喝饱了，又回地里去薅棉花。

腊欧回到棉地，小弟腊布放下锄头，直往泉边走去，他不管四脚蛇不四脚蛇，拿起桐叶瓢就舀水，喝足了，便又回到地里去薅棉花……

忽然，四脚蛇变成个美丽的姑娘，站在棉地中央，对他们红着脸笑着，并唱起迷人的歌。三兄弟听动了心，便都上前去想和她说话。他们上前跟着，她却笑着走了。三人只好跟踪走去。走呀走，走过一道红土山，走过一道白土山，又走过一道黑土山，还是只见着却跟不上。三兄弟又追呀追，追到一个山坳的冬青树下，腊阿大哥遇上一匹红马，骑上就追着姑娘走了。

又走呀走呀，走到一株高大的樟木树下，腊欧二哥遇上了一匹白马，牵着就上，哒哒哒地向姑娘去的地方跑去。

又走呀走呀，三弟腊布在一株古老的枫树下，遇上了一匹黑马，跨上就像箭一样的向姑娘追去。

三兄弟骑着三匹马追踪着姑娘。追呀追呀，追过几多高山，追过几多的野岭，又来到一棵长满藤蔓的古树前，马停下来，死也不肯往前走了。三兄弟便跳下马，看见树旁有个很深的天坑，知道姑娘下天坑去了。三人打了商量，腊阿叫两个弟弟拉着绳子，把他放下天坑里去，放呀放呀，不知放了多深，腊阿大哥感到洞里越来越热受不了，就叫腊欧和腊布把他拉上去。

轮到二哥腊欧下天坑，腊欧叫大哥和老弟拉着绳子把他放下天坑，放呀放呀，腊欧感到一阵阵热得像火燎，实在受不了，连连叫兄弟俩把他拉回洞口上。

最后轮到腊布下天坑，腊布嘱咐大哥二哥说："我下去要是越喊热，你俩越快些把我放下去就是了。"大哥二哥遵照小弟说的，腊布越喊热，他俩越加放下绳索，把腊布放下天坑里。

腊布到洞里一看，那里也是人居住的地方，是个神奇的世界，什么东西都有，山水风光出奇的好。他顾不上多看，就直往前走，没走多远，来到一个花草滩上，就碰上四脚蛇——那位美丽的姑娘。

姑娘笑着对腊布说："腊布哥，我要走了。如果你想与我成亲的话，等会儿有一只白羊和黑羊，要来这里打架，你记住，趁羊打架的时候，你就骑上白羊来找我吧……"说完，姑娘就不见了。

一会儿，真有白羊和黑羊来到花草滩上打架，腊布一纵骑上羊身，却骑错了，骑在黑羊身上，黑羊背着他跑去，走到一个陌生的地方，碰上一个孤老的婆婆。口渴了，腊布向她讨口水喝，她却只给他一滴水，他感到奇怪，为什么只给他一滴水？婆婆又告诉他，水都被凶龙占去了，八仙都缺水喝，人们没有水洗菜洗衣，也没有水浇灌田地庄稼，凶龙还要村里人，每年供一个小孩给它吃。腊布听了，很同情人们的遭遇，决心杀掉这条凶龙，然后再去找心爱的姑娘。腊布到村里，向人们问起往年凶龙是怎样吃孩子的，并想出了对付凶龙的办法。腊布对人们说：在凶龙来吃孩子之前，他先绻躺在那地方，用一张席子盖着，等凶龙把头伸进席子里的时候，就一斧头把凶龙砍死，为大家除掉这一祸害。若没砍死，自己被吃掉，至少也救活一个人命。人们都为腊布担惊，实在太危险了。

凶龙要吃小孩的日子到了，腊布把小孩送给父母抱走。他就拿起斧头，绻躺在席子里。凶龙像一阵风刷刷地爬来，当它把头伸进席子里的时候，腊布就一斧头把凶龙的头砍断了，天坑里被龙堵住的水，哗哗地流了出来，四面八方的村寨都有了水喝，有水浇灌田地，再也不受凶龙的害

了。

　　人们知道腊布除掉了凶龙，都奔走相告，前来感谢他，并问他怎么会来到这个地方。腊布把他的经历告诉大家，并说他现在要去找那个美丽的四脚蛇姑娘。这时，洞里的岩石老仙说："腊布，姑娘先去路上等你，快回去与她成亲吧！"

　　人们都为腊布想办法，送他两只麻黑色大雁。雁飞过一条河要吃三斤肉三斤酒，人们备足了酒肉，一只雁背着吃的，一只雁让他骑着，飞呀飞呀，不知飞了多久才飞到他的家乡，远远地见那姑娘在山坳的冬青树下等他。他俩成了亲，回到家和兄长团聚了。两只大雁变成两只鹅陪着他们过日子。

故事小火花

　　勇敢的腊布，把凶龙的头砍断，天坑里被龙堵住的水流出来，乡亲们都有水喝了。在乡亲们的帮助下腊布骑上大雁，找到美丽的四脚蛇姑娘，幸福地生活在一起。

知道中国，多一点

　　四脚蛇：俗称蜥蜴或石龙子，它全长20余厘米，尾极长，约占全长的2/3，全体披有鳞片。因为有"蛇"字，许多人认为它是一种蛇，其实四脚蛇不是蛇，也不会咬人。从外形上看大多数四脚蛇与蛇的区别是有四只足，而蛇没有足。

日积月累

　　有了见识道路也平坦，有了勇气武器也锐利。——谚语

锻炼勇敢

讲述者：徐桂珍 / 搜集整理：牟兆英 / 流传地区：河北省唐海县

从前，有一个老猎人，他有两个儿子，大儿子叫狗剩，二儿子叫栓柱，栓柱总是形影不离地跟着哥哥，无论做什么都喜欢照着哥哥的样子学。哥俩渐渐长大了，老猎人要考验他们，决定叫他们到大森林去锻炼自己，让自己成为勇敢的人。于是兄弟俩出发了，他们走了很久，来到一个没有人也没鸟的大森林里，他们搭了一个棚子准备在这过夜，哥哥叫弟弟到河边去打点水来，栓柱高兴地提起水桶，来到河边提水，大河里突然波涛汹涌，浪花四溅。河水咆哮着问"是谁把我往岸上提？"栓柱吓得扔了水桶，赶紧往回跑，大树讥笑他，用树枝鞭打他，这使他更加害怕了，狗剩看栓柱吓成这样，便自己到河边去打水，他刚刚弯下身子，大河里突然波涛汹涌，浪花四溅，河水咆哮着问道："是谁把我往岸上提？"狗剩后退几步壮了壮胆子，大声地说："是我要把你往岸上提，我是人。"大河听他这么说马上软了下来，河水马上平静了。哥哥勇敢地提回水，栓柱见哥哥提回了水感到非常惭愧，狗剩想要烧火，一看没有柴便叫弟弟去砍柴，栓柱拿着斧头来林子里，找到一棵树，刚砍了一下大树就喊了起来，那洪亮的声音响彻了整个林子，周围的树木也随着呼啦地闹了起来。栓柱吓得扔了斧头拔腿就跑。狗剩见他吓成这样，说他是胆小鬼，栓柱没脸地低下头。狗剩找到那棵树，拣起斧子就砍，大树喊了起来，周围的树木也随着呼呼啦呼呼啦闹起来。但是狗剩并没有吓倒，并告诉它"是的，我就是要砍你"，说着抡圆了大斧子三下五除二便把大树砍倒了。

夜深了，兄弟俩睡熟了，一只可怕的大九头鸟向他们飞来，这只九头鸟镇住了森林，使人和鸟都不敢在这里安身。怪鸟到地上，把栓柱惊醒，吓得栓柱啊的一声，缩成一团不敢动。狗剩听到喊叫，醒来见九头鸟向他们扑来，狗剩丝毫没犹豫，抡起斧头，当场砍掉了九头鸟的那只大头，九头鸟吼叫着，再一次向勇敢的小伙子扑过去，狗剩砍掉了两个脑袋，九头鸟发狂的又一次扑过去，狗剩鼓足了全身的劲，又砍下了三个脑袋。九头鸟没有了主头，威风一扫而光，可这时狗剩也累得筋疲力竭了，他摇摇晃晃把手垂了下来。

栓柱见哥哥累成这样，心想自己何不去助一臂之力，他此时也感到有股力量在鼓舞着他，他立刻帮助哥哥。把九头鸟制服了。森林的大树和河水告诉鸟儿们，叫它们快来，鸟儿们从遥远的地方回来了。人们也从远方回来了，都夸奖狗剩和栓柱。

兄弟俩为人们除了害，回到了父亲的身边。

故事小火花

勇敢的狗剩,不惧危险,与凶残的九头鸟奋力搏斗。这种英勇无畏的精神感染了弟弟栓柱,他终于鼓起勇气,战胜恐惧,帮助哥哥制服九头鸟,成为一个勇敢的人。

知道中国,多一点

九头鸟:汉族神话传说中的不祥怪鸟。九头鸟有九个头,色赤,像鸭子,人首鸟身。传说九头鸟本来有十个头,被天狗咬下一个后变成了九个头,受伤的那个头一直滴着血,滴到哪家,就给哪家带来晦气和灾难,因此民间很忌讳九头鸟。

日积月累

如果没有勇气,针大的困难也克服不了。——谚语

真假小英雄

讲述者：何公 / 搜集整理：李海玉（女）/ 流传地区：贵州省三都县普安镇

从前，有个小孩，很不讲究卫生，从早到晚都是鼻涕拉撒的，吃糖过后，脸腮上抹得都是糖浆，连洗也不洗，惹得苍蝇总是往他的脸上落。他撵来撵去，苍蝇总不飞走。他气急了，啪地打了一巴掌，手掌和脸上竟沾了好几个死苍蝇。虽然如此，他还得意地伸手给小伙伴们看。小伙伴们看到了，就讥讽他说："你一巴掌打死了好几个，真是个英雄哩！"从此，小伙伴们都戏称他为"小英雄"。他听了，开始还觉得不自然，久而久之，伙伴们喊多了，他反而觉得自己真的是个有本事的人啦。

喊"小英雄"的人越来越多,"小英雄"的名声,一传十、十传百地越传越远,最后传到了国王的耳朵里。国王也误认为他是个武艺高强的非凡人物。这时,有个地方向国王禀报,他们那里虎害猖獗,无法对付,奏请国王派人协助为民除害。国王正在考虑派人之时,正好听到了小英雄的名声,就下一道诏书,决定派小英雄去除虎害。

钦差带着诏书到小英雄家宣读:一是要他除掉虎害,奖赏白银三挑,二是不执行命令,就斩首示众。小英雄一听,只吓得脸色惨白。因为他知道自己实在没有本事除掉老虎,去就是往虎嘴里送食,不去,就会立即被斩。他想反正都免不了一死,不如去试试看。于是,他就带上刀,硬着头皮,被兵丁带往虎害的地方去了。那些兵丁见小英雄没有一点儿英雄的样子,把他送到老虎岩后说:"留你在这里喂虎,我们交令去了。"兵丁们一走,小英雄更害怕了。他东找西找,最后躲进了一块大石头的凹凹里。过了一会儿,忽听一阵风声吹过,他想看看出了什么事情,就探出身来,东张张西望望,真是怕什么就偏见什么,果然看见一只大老虎,正瞪着亮亮的大眼望着他。小英雄第一次看见老虎那种凶神恶煞的样子,浑身立马起了一层鸡皮疙瘩,待在那里不敢动了。老虎一见是人,大吼一声就向小英雄扑来。小英雄吓得把眼睛一闭,本能地往石凹凹里一缩,老虎由于用力过大,一下子冲过去一丈多远,着地又在崖边,它站立不稳,就一头栽到悬崖下边去了。

小英雄躲在石凹凹里,连大气也不敢出地躲了一夜。第二天,太阳老高了,小英雄再听不到有什么动静,才慢慢爬出来,仔细看看四周,不见老虎的踪影,他才放大胆子东走西看,当他走到崖边往下一看,只见一条大老虎直直地躺在沟底。他被吓了一跳,但那老虎却动都不动一下。他又壮着胆子,拣起石头向老虎投去,石头打在老虎身上,那老虎依然一动不动。他想老虎一定是死了。于是他提着他的刀,慢慢顺着崖边下到沟底,走到老虎身边一看,那老虎确实是被撞死了。他就拿起刀在老虎的头上、肚子上戳了好多刀,然后跑到附近村寨告诉人们说,老虎被他打死了。

附近村寨的人们跟着他来到老虎死的地方,见老虎身上被捅了好多刀,又流血满地,真以为是小英雄杀死的,就抬着他和老虎向国王请赏。国王一见特别高兴,就赏了他三挑银子,还在宫里款待他三天,然后派人挑着银子送小英雄回家。当他们过河时,龙王三太子不服小英雄的本领,就变成一条大鱼,在河里兴风作浪把船给掀翻了。小英雄虽被人们救上了岸,国王奖赏给他的三挑银子却被龙王三太子抢走了。小英雄垂头丧气地说:"就怪我不是真正的英雄,没有真正的本领,得来的财宝才保不住啊!"从此,他决心学好本领,做个真正的英雄。

故事小火花

小英雄凭着自己的幸运，战胜了老虎，不过在龙王三太子的挑衅下醒悟，好好学习本领，从假的小英雄变成了真的小英雄。拥有真本领，才能成为真正的英雄。

知道中国，多一点

龙王三太子：在《封神演义》中有东海龙宫三太子的故事。因哪吒闹海一事，东海龙王三太子前去问罪，被哪吒打死并抽筋，魂归封神台。后来姜子牙归国封神，三太子被封为华盖星。

日积月累

真理破谎言，勇气能制胜。——谚语

拆掉通天的桥（彝族）

讲述者：王小二（72岁，彝族）/ 采录者：石磊（30岁，彝族）/ 采录时间：1987年 / 采录地点：威宁彝族回族苗族自治县

很古很古的时代，天上和地上是相通的，有座通天的桥，达地的路，天上人常到地上玩，地上的人常到天上玩，还相互开亲，相处得非常和睦。

后来，天上出了一个名叫鲁宙的暴君，管天霸地，天上地上全是他的。天上人对地上人就不一般看待，地上人成了天上人的奴隶，每年要向他交纳牛、马、羊、粮租及人租。地上人喂羊不得用，喂马不得骑，喂牛不得耕，种粮肚不饱，织帛不得穿。没有牲口和粮交租，

就要抓人去抵。天兵还常下来捉拿地上人去当奴隶，罚苦工。过去是一年交一次租，后来，这暴君逼地上人一年交两次租。地上人被逼得无法生存，个个都很寒心，可谁也不敢吭声。

　　再后来，地上出现了一个能腾云驾雾，千变万化的硬汉，名叫吐鲁汝。他十二岁时就常到天上去玩，天上九方他都游玩过了，也就清楚了天上人的吃住穿着。天上人个个玩得好，吃得好、穿得好；而地上人劳累成疾，还是吃不饱穿不暖，他看到眼里，恨在心里，决心要除掉暴君鲁宙。这天早晨他收拾起程了。他来到半空中，天上的一位星神叫了他一声："吐鲁汝，请你站住，有话给你讲。"星神把他带回家中，倒满两大碗酒，两人同时端起来喝，结拜为干弟兄。他俩连续干了六十大碗后，谈起天上事，共同商量怎样除掉暴君。星神叫九个家兵抬出一把剑，要把这把剑送给吐鲁汝，说这剑已经保存了八万年，古人传下来，一直到今没人能用。吐鲁汝轻轻拿起剑，叹息说："这剑太小太轻，不够使。"星神又叫家兵抬出另一把剑，不一会儿六六三十六个家兵气喘吁吁地抬来一把剑，说这剑已存放了十万年，没人能用。吐鲁汝左手轻轻一提，右手抽出剑甩了两甩，还是叹息说："太轻不适用。"家兵一个个都被吓得目瞪口呆。星神对吐鲁汝说："兄弟，我这里再也找不到够你使的剑了。听地神说他有一把大砍刀，已搁了十万年，无人能使，现藏在地上南边洪鲁山的岩洞里，那刀是把神刀，我俩去看看，是否够你使。我这里还有一张弓，古时打仗要九十九个人抬，六十六个帮工才使得动。现在送给你。"吐鲁汝提着弓同星神一起转到洪鲁岩洞，找到那把神刀。神刀真是不一般，搁了十万年却无一处生锈，刀背山样厚，刀刃岩样宽。吐鲁汝用手轻轻提起，往后一抽，拉垮了九座山，刀越抽越长。吐鲁汝拿在林中一试，一刀就劈倒了一片林，砍倒了九座山。他很满意这把刀，急忙把弓扛上肩，把神刀挎在腰，同星神一起来到地中央，准备动员四方百姓反天庭。正在这时，天兵下来收租抓人，天下四方闹嚷嚷，男叫女哭，鸡飞狗跳。吐鲁汝和星神一起杀向天堂，打得天兵死的死，伤的伤，逃的逃，逃回去向鲁宙告状，说地上出了两个能人，把他们拉来的牛马，收来的粮食和抓来的人全部打转去了。

鲁宙听了非常气愤，这怎么了得，天上地上全是我的，若轻易饶了他俩，让他俩捡了便宜，我和天上人以后吃什么，穿什么，奴隶美女哪里来？他立马召集起全部天兵天将，降到人间。

吐鲁汝和星神早有提防，他俩就先在半路上等着迎战。不一会儿，天兵天将遮天盖地呼呼降来，他俩就截住天兵天将大打起来。吐鲁汝挥舞神刀，张弓搭箭，一刀砍倒九千天兵，一箭射死六千天将；星神一剑削了六千天兵的头，三千天将的颈。不到一顿饭的工夫，天兵惨败。鲁宙在天门上亲眼看见这惨状，就口里念咒语降下雷神来，想用雷劈，用火闪烧他俩。一时火光满天闪，雷声震天地，星神一箭就把雷神射落了，张口就把火闪吞下肚。吐鲁汝和星神直追上天宫，天门十二层，层层都有重兵守着，层层都有神灵压阵。吐鲁汝和星神一发

势就突破了十一层，鲁宙见势不妙，亲自督战，把所剩的兵将全部集中起来对付吐鲁汝和星神。吐鲁汝左右劈，星神前后杀，不到半个时辰，天兵天将十有八九已死伤。鲁宙带着残兵败将往西逃，他俩紧紧追赶，鲁宙见他俩追上来，忙命令放箭，箭像雨点般射来，无论如何也射不着他俩。鲁宙又命令降火闪来烧，火闪又被星神全部吞了。星神鼓足气，一口喷出火闪，把鲁宙的兵将全烧死，独剩下鲁宙。鲁宙和他俩对打。就这样打三天，还是不分胜败。到了第七天，吐鲁汝和星神前后夹攻，星神一手抓住鲁宙，活捉了这暴君，把他捆起牵到地上杀了。

后来，吐鲁汝和星神拆掉通天的桥，砍断了达地的路，从此结束了天上人下凡间来的时代，也结束了天上人与地上人的交往，地上的一切永远属于地上的人了。

故事小火花

吐鲁汝和星神并肩战斗，打败鲁宙暴君，破坏了天和地的连接通道，结束了天上人与地上人的交往，使人间回归太平。

知道中国，多一点

天地分离：我国有盘古开天辟地的神话传说，天和地是被盘古用斧头劈开的。同时，古人们也希望能连接天地，沟通人神，如四川三星堆出土的青铜神树，就表达了古人希望连接天地、沟通人神的期望。

日积月累

心脏是生命的活力，勇气是英雄的力量。——谚语

劈山救母（维吾尔族）

讲述者：马耀辉 / 采录者：杜秀珍、郭晓东 / 流传地区：新疆维吾尔自治区哈密市

从前，有个人叫刘彦昌，从小上学念书很用功。那时节有句俗语："要知天下事，读尽五车书。"刘彦昌十年寒窗，念的书何止五车。这一年京城科考，刘彦昌应试进京。一天，住在一个庙里，饭后没事，和小和尚一边谝①，一边在庙里走走看看，走到一个大殿里看到一个女菩萨塑像，形象逼真，十分漂亮。刘彦昌前看看、后看看，脸似白玉，口似樱桃，两只眼就和活人一样，秋波涟涟。刘彦昌边看边想：天下

---

① 谝，闲聊。

女人千千万，令我动情有几人？此菩萨如是真人，我废掉前程，也愿陪伴终生。

到了晚上，刘彦昌怎么也睡不着，一闭上眼，这个女菩萨就栩栩如生地站到了面前。没办法，刘彦昌坐等天亮，洗漱罢启程赶路，走出了好远，刘彦昌又返回来，对着菩萨又仔细端详一会儿，越端详越觉得这菩萨好看，心里越爱慕，乘兴提笔在墙上写道："娘娘如能下人间，彦昌和你配良缘。"写罢，又出门赶路。

说来也巧，这天正好是三仙女来这庙里赴位受香。见墙上题字，知道刘彦昌爱慕自己，心诚意笃的，不觉受了感动，情不自禁地动起情来。但是大白天，敬香火的人来人往，其他神灵也都在位，没办法，她悄悄地说给风神。风神说："小事一桩，我略施小计，书生就回来了。"

话说刘彦昌二次出了庙门，觉得自己的心愿也表示了，明明是泥像嘛，还能有什么办法呢？一心向前赶路。谁知脚底下突然生出一股旋风，一下子就飞沙走石，天昏地黑。刘彦昌只觉得被风旋得团团转，站也站不下，只得随风去了。一会儿觉得风停了，自己也站下了，睁眼一看，原来到了庙门前。刘彦昌想，这大概也是天意，叫我再一次亲睹女菩萨容颜。想罢进庙，直奔那个大殿。谁知一抬头，女菩萨笑嘻嘻地走下台来。"相公受奴家一拜。"说着倒身下拜，一下把刘彦昌娆的[①]不行，哪里还顾书生体面，两人互吐爱慕，盟誓终身。刘彦昌也顾不上科考了，领着三仙女返家成亲。小夫妻恩恩爱爱，亲亲热热。三天后，三仙女劝刘彦昌二次启程，进京应考。刘彦昌刚出门，三仙女就现了真身返回天宫，想向母后王母娘娘禀明真相。

谁知孙悟空偷吃御花园蟠桃，二郎神杨戬和孙猴子打起来了，边打边骂。说也凑巧，活该三仙女倒霉。三仙女正驾云返回天宫好端端的就撞着了孙猴和二郎神对骂，孙猴子那个脑子精的还了得，一抬眼

[①] 娆的：美的。

看见了三仙女,孙悟空叫二郎神停下,说:"你口口声声说我偷个桃子是不知神位体面,你妹子三仙女与凡人偷情,你说神仙知道体面还是不知道体面呢?"二郎神哪能遭这侮辱,一把拉住三仙女,叫三仙女当场给其宝刀吹气。三仙女被逼无奈,只得照二哥吩咐去做,一口气吹去,刀冒火花。二郎神知道三仙女确实破了元气,一气之下把三仙女压到华山底下,贴上神符,叫三仙女永世不能出世。还派玉女灵芝和仙草看守。

话说刘彦昌二次进京已过了考期,念着家中三仙女,哪还有心思在京游玩,一看考期已过,就急急往家里赶。走到中途,遇着一个姑娘,约有十八九岁,在路旁啼哭。刘彦昌看到这个姑娘哭得这样伤心,觉得怪可怜的。一问,才知她和父亲上山采药遇到老虎,把父亲吃掉,她腿脚快,幸免一死。可她早年失母,现又丧父,生活无着,无依无靠,所以这样伤心。刘彦昌听了,很觉同情,有心帮助,对她说:"我家离这里不远,你若不嫌弃就随我去,帮我娘子作点家事,也好有个栖身之所。"姑娘听说,喜出望外,即随刘彦昌回家。

刘彦昌到家,一看三仙女不在,问谁谁也说不清。跑到那个庙里,三仙女佛身还在,但那是塑像,千呼不应,万唤无声。

刘彦昌回家整天思念三仙女,饭不香茶无味,逐渐瘦下来了。那个姑娘对刘彦昌很是同情,百般殷勤体贴,两人相伴生活。时间长了,刘彦昌将这姑娘收为小妾,凑合着生活。

不觉一年过去,这个姑娘生了个男娃,刘彦昌也算高兴。第三天洗礼,天快亮了,刘彦昌迷迷糊糊又睡着了,见一仙女抱着个男娃,对刘说:"我家三姑娘为你生一男娃,因被二郎神压在华山下不能前来,托我来把娃子送给你,说这是你们两人恩爱的象征,要你好好拉扯,千万不能让二郎神所害。"刘彦昌还没来得及问话,仙女放下男娃,一转身就不见了。刘彦昌一惊醒来,原来是个梦,赶紧起身,准备为姑娘所生男娃洗礼。一揭被子,是两个男娃,一个显然要大一些。刘彦昌把梦中之事给姑娘说了,姑娘对三仙女越加同情了。两个人商量,就说两个男娃是同胞所生，老大起名陈香，老二起名秋哥，同时洗了礼。

话说二郎神把三仙女压在华山下，认为这件丑事也就遮掩过去了。不料二郎神一次巡天，又碰到孙悟空了。两人一见面，一个不服一个，又互相糟蹋起来。孙悟空搁不住话，又把三仙女生娃的事给揭了出来。二郎神一听，立即去华山巡察。这么大的事哪能瞒得住？二郎神责骂灵芝不忠，心地不实，一气之下把灵芝绑起来扔到天宫御池里了。灵芝替主送子受过，心灵美好，长成荷花，浮于水面，人称出水芙蓉，深受人们喜爱，后人有"出淤泥而不染"的说法。因二郎神骂她心地不实，所以根子长成莲藕，是空心的，但是响菜，人们都爱吃。

华山山神一看二郎神这样凶残，全无兄妹之情，一阵清风来到刘彦昌家，正好刘在小憩。山神就这长那短地一说。刘彦昌和姑娘商量对策，看来二郎神还要来残害陈香。陈香是三仙女的命根子，一定要舍命保住。姑娘出主意，叫刘彦昌带陈香到外地躲藏，她带秋哥在家应付。

二郎神果然真的来了，见姑娘带的秋哥年龄和三仙女之子正好吻合，以为是三仙女的，提起双腿一下就给摔死。二郎神还怕神人搭救，干脆放哮天犬把死娃吃了，狗爱吃死娃就是打那传下来的。

刘彦昌打听到秋哥已被二郎神害掉了，带着陈香回来，和姑娘痛哭了一番，两个人合力抚养陈香。

刘陈香头脑聪颖，智力过人，刚到十岁，刘彦昌就教不下了。一天，陈香和几个娃娃上山玩，走累了，坐下休息。刚缓①了一会儿，陈香睡着了，其他娃娃缓一阵说了声走，都跳起就走，都没想到陈香能睡着了。陈香见一白头老汉，领着两个童儿，手提一个板斧，到跟前说："你生母被你舅二郎神压在华山下，已受磨难十几年了，你应斗败二郎神，搭救你母。"陈香问："我怎么去救呢？"老汉说："这把斧头

---

① 缓：休息。

是盘古大仙用来开天辟地的,你将来能用上。这里有一本天书,只要你能照着研磨练习,自然就有报仇救母的本事了。"陈香还想问话,只见两个童儿一把将他推倒,转身就不见了。陈香一惊醒来,原来是个梦。天已深夜,一摸,身边斧头还在,又摸,怀里真有一本书。陈香正想回家,刘彦昌已找上山来,父子一块回到家中。陈香把梦中之事这长那短地一说,刘彦昌和姑娘商量说,孩子已懂事,也该知身世了。这样就把三仙女的事从头到尾讲了一遍。陈香知道了实情,大哭一场,决心进山练武。

陈香进山仅半年,就把一本天书然挖[①]的烂熟,因为练武,身体也长高了,力气大了,腾云驾雾无所不会。一天陈香驾云到二郎府点名要杨戬会见。仙童急报,二郎神一听是个尕娃娃,出来一问,才知三仙女的娃子来报仇。一下子火气冲天,心想要赶快把这尕娃治死,三

---

① 然挖:钻研。

仙女下凡的丑事才能不传出去。手向陈香一指，哮天犬立即扑上来。谁知陈香是受仙指点练下功的，待哮天犬来到近前，瞅准机会一脚踢过去，把个哮天犬踢上天好半天才落到地上来，摔个半死，陈香抡起板斧赶上要打，哮天犬一翻身爬起来夹上尾巴就跑。你看现在的狗被打得逃跑，都是把尾巴夹在尻子里，这是当年哮天犬传下来的。

二郎神见哮天犬不能取胜，口念咒语，一声喊："好虎豹，还不捉拿等到何时？"一下子几十只虎豹把陈香团团围住，吼声震天。只见陈香抡起斧头前打后挡，左打右迎。谁知一下子用力过猛，劈在一块石头上，火星四起，把野草枯树给烧着了。正巧起风，风助火势，火借风威，把老虎、豹子烧得满山跑。老虎跑得快，只把身上烧成黑道道；豹子慢了点，浑身火星。你看现在的豹子浑身的斑斑点点就是那次烧下的。这时二郎神头一低，身后飞来七七四十九把飞刀，陈香抡着斧头一一拨打，飞刀一碰到斧头立即变成飞灰。二郎神抡戟就刺，陈香用斧一挡，天戟脱手摔出好远。二郎神一看，这个陈香虽小，一定受哪家老祖指点，难以取胜，转身就跑。正追间，忽听山头一老汉说："陈香，你母亲就压在此山，不去救母，还追赶什么？"陈香一看，正是山上送斧头的那个老汉，刚想上前下拜，老汉一下子又不知去向了。

陈香下山来，一看三仙女披头散发，蓬头垢面，连人样子也认不出来了。立即跪下说："母亲，孩儿来迟，请母亲恕罪！"三仙女一抬头认出是儿子，伤心得泪流满面。她是被二郎神用神符压着的，直不起腰出不来。陈香前山看看，后山瞅瞅，找不出个法子。正在犯愁时，突然想起老祖送斧时说将来救母用得上，让母亲两手将头抱住缩进山洞里去。陈香后退几步，双手抡大斧说："好宝贝，当年能开天辟地，今天还愁什么华山？"一斧下去，只听天崩地裂的十声响，华山裂了开来，三仙女驾着祥云出了山洞。你看现在华山的西峰，劈陡劈陡的，一眼望不到底，沟深莫测，那就是当年陈香救母用斧头劈的。

陈香和三仙女母子见面，抱头痛哭。陈香见母亲披头散发，很不方便，便把三仙女头发挽在脑后，用小棒棒别住。后来成家的妇女把头发挽在脑后叫髻，用簪子插住，形成头饰，就是打三仙女那儿传下来的。

陈香和三仙女见过王母娘娘，王母娘娘见三女儿被糟蹋了十几年，十分悲痛，为防二郎神再来纠缠，便把三女儿封为三圣女。从此，民间庙里供像，三仙女成了三圣母。

故事小火花

陈香一片孝心，不畏艰难，战胜二郎神和哮天犬，劈开华山，救出母亲。沉香救母的曲折和坚韧，体现了我国古人丰富的想象力和纯洁美好的心灵。

知道中国，多一点

二郎神：二郎神杨戬是玉皇大帝的亲外甥，号称为"天界第一战神"。哮天犬是二郎神身边的神兽，辅助他斩妖除魔。关于他们的神话传说很多，曾经力抗天神劈山救母，也曾出手阻挠其外甥沉香救母。

日积月累

做事要有勇气才会成功，受尽了苦难才会得到幸福。
——谚语

斩孽龙

讲述者：王文达 / 搜集整理者：陈兰青 / 流传地区：湖南省宁远县

舜让位于禹后，决心继续治水。一天，舜来到苍梧山下，登高远望，见万山丛中，有一茫茫天湖，方圆百里，极目四望，不见边际。细瞧湖面，时而碧波荡漾，清澈见底；时而倒海翻江，波涛万状。再看湖中，见九龙抢珠，时而戏弄红珠，互相追逐；时而彼此角逐，扭缠不休；时而虎视眈眈，两目圆瞪；时而龟缩不动，静待时机。舜见此情景，早已拿定主意，当即脱下草鞋，投入湖中，只见九龙顿时化作九座青峰，婷婷出水，争秀竞高、巍然玉立。

舜降了九龙，满心欢喜，绕湖一周，意欲将天湖看个究竟。来到北山，见百余青年，挥动银锄，汗流满面，挖山不止。舜问其中缘故。一青年答道："这湖，我们苍梧人叫湖海，广阔无边。如果天下大雨，湖潮上涨，洪水横溢，害人匪浅。我辈青年，立志将山挑断，放水造田。但每天挖山挑土，从未罢休。谁知事出意外，头天挖下一大窟窿，次日泥土又凸起一大堆。我们连续挑山已百余天，无法挑开缺口。"大家不住摇头叹息，舜听此言，见大家面有难色，决心将山察明底细。舜手执铜镜，登上山顶，凝神细看，并非大山，而是一条孽龙，昂首翅尾，威风十足。舜忙解下澡巾，往空中一抛，意欲缚住孽龙。岂料孽龙不肯就擒，反而掉转头来，企图伤人。舜忙举铜镜、对准孽龙一照，孽龙大吃一惊，将身一翻，马上掉过头去。舜苦于无剑，正焦急间，忽见一道红光，划破长空，如同闪电，来自东南方向。舜暗想，孽龙未除，又见红光，为了弄清问题，舜朝着红光方向，跋山涉水，

奔波六十余里，到达一座大山，站在山麓，举目望去，只见山崖如削，高不可攀。再往上细看，见山上三座青峰，如三枝玉笋插天，翻云吐雾，雄伟异常。舜见前行无路，且天色黄昏，正想在山下一个石洞内安宿，忽听侧面山上一声巨响，一团火焰，升腾半空，眨眼间，火焰熄灭，舜借火光，看出那山形状，类似一大香炉。香炉顶端，青烟缭绕，徐徐飘下，刚至半空，化作一团红云停住不动。云中突然出现一白须老人，左手提红灯，右手执宝剑，满面笑容，哈哈大笑道："若斩孽龙腰，快接我宝刀。"笑声响彻山谷。余音未落，见一雪白闪光的东西，朝舜飘飘而来，舜伸手抓住，定睛一瞧，果然是一只锋利无比、六尺左右的宝剑。正待谢恩，只见半空红云消逝，白须仙翁霎时不见。这时山谷中，空旷寂寞，寒气逼人，舜夜寒胆壮，手执宝剑，开山辟路，返身直奔北山。行至半途，忽然天昏地暗，妖风大作，即时大雨

倾盆，山呼海啸，鬼哭狼嚎。眼看湖水不断上涨，快没九疑。舜挥刀砍下香杉一株，浮于水中，一跃身，跨上香杉，但见香杉行如梭，快如飞，直奔北山。转瞬间，香杉靠岸，只见孽龙昂首翅尾，口喷浓泉，仍在兴风作浪，眼见湖水又涨三丈。周围靠山居民，因遭水灾，扶老携幼，纷纷逃命。舜义愤填膺，正想手挥宝剑，结果孽龙性命。但孽龙见势不妙，企图逃跑，舜乘香杉紧追不放，孽龙口吐黑烟，迷住去向，舜挥动宝剑，追斩孽龙。彼此格斗达数十回合，这时，孽龙见舜剑法稍缓，即张开血盆大口朝舜扑来，舜急中生智，掏出铜镜，狠狠照住孽龙，孽龙睁眼不开，企图逃走。说时迟，那时快，舜挥动宝剑，对准龙颈，奋力劈去，只见北山孽龙被劈成两截。这时大山闪开一个缺口，湖水从缺口呼啸而下，龙头、龙尾顺着河水漂流，穿山过峡，向北而去。龙死尾动，沿途撞击两岸石壁，遭到不同形态的破损，因而江水弯弯曲曲。

一夜之间，湖水流尽。次日，周围百姓迎着朝阳，闻讯赶来，见九峰山下，涓涓细流，沿河两岸，一马平川，无不拍手称好。人们不断欢呼："水消了，水消了！"一位老头拄着拐杖指着新开的河道对青年们说："南海干了，水消了，这条新河就叫消水吧！"

故事小火花

舜急中生智，用铜镜狠狠照住孽龙，挥动宝剑，把北山孽龙劈成两截。九峰山下的水渐渐消去，沿河两岸，一马平川，百姓得以安居乐业。

知道中国，多一点

舜：名叫重华，是中国历史传说中的人物，是五帝之一。相传舜孝顺父母，关爱幼弟，以孝行闻名天下，品德高尚，很受人敬仰，处理政务井井有条,尽心治理水患,使百姓安居乐业,是古人们推崇的圣人。

日积月累

有勇气终能达到目的,怕困难不能实现愿望。

第3篇 少一份私心，多一份勇气

金牛山的故事

讲述者：宁美珍 / 搜集整理者：白明路 / 流传地区：辽沈一带

在很久很久以前，有一座平地而拔、巍峨高耸、姿态雄伟的大山脚下，居住着一群勤劳勇敢以狩猎为生的满族人，他们过着丰衣足食的生活。

有一年夏季，大雨连绵，也不知下了多少天。就在一天夜晚，突然一声巨响，山上的一眼清泉塌陷，泉水浑浊，犹如海啸，向山下猛扑过来，眼看就要淹没村庄。这时，居住在山脚下的满族男女老少，临危不惧，纷纷前来堵塞泉口。大家昼夜奋战，拼命挖土抬石，但仍

没有堵住。每个人都已累得筋疲力尽，一个叫金牛的小伙子站在那就睡着了。

梦中，他看见一个年过古稀的白胡子老人，手拄龙头拐杖走近跟前，笑呵呵地说："小伙子，那泉口用土石是堵不住的，只有山上老槐树根底下那条龙才能镇妖降水。"说完白胡子老人就不见了。

金牛醒后，就半信半疑的边向大伙讲了方才做的梦，边在老槐树根底下一锹锹地挖。不一会儿，果真就挖出一条光闪闪的金龙。大家乐得连嘴都合不上了，有人说："是真龙，还是假龙，把它抬到泉口上试试吧。"说着，大家就抬的抬，推的推，把金龙真就弄到泉口上去了。也真怪，泉水确实就不冒了。就这样全村人都免遭了一场大水灾。

自从金牛这个小伙子挖出镇妖降水的金龙，为民造福以后，村里的男女老少就更加喜爱他了，特别是他的好心肠博得了无数姑娘们的爱。所以姑娘们也无不暗暗地向金牛投来爱慕的目光。可是，山下老猎手那尧的姑娘小妮与金牛是青梅竹马，她早爱上了金牛，金牛也早就想摘下小妮这朵娇艳的"花"。

一天晚上，金牛和小妮踏着洒满月光的羊肠小路，满载着一天的猎物，有说有笑地倾吐着各自的心里话。小妮问："我们的事别人还不知，那谁来作证。"金牛手指着天，笑着说："月亮做媒，星星担保。"说着这对情人就会意地笑了。他们边说边往前走，眼看就要到家了，忽然听到山顶上好像有什么动静，定神一看，果然泉口上有三个鬼鬼祟祟的人，正在偷盗那条金龙。勇敢的金牛忙对小妮说："你马上回去报信，让猎手们速来捉盗，我先去抵挡。"

"不行啊！你一个人去太危险！"

"小妮！不要惦着我，时间来不及了，万一金龙被盗，我们全族人的性命就难保了。"话音刚落，金牛已箭步冲上山了。

却说这三个盗贼见到了金龙，便垂涎三尺，抡起铁锤就用劲地砸，可金龙纹丝不动。他们正急得团团转，金牛就箭步冲到身旁，手持宝刀，高声喊"捉贼"。三个盗贼被这突如其来的喊声吓得面如土色，可

回头一看，只是金牛孤身一人，心中略有宽慰，一个小锉个子盗贼举刀向金牛砍来。另外两个盗贼也狐假虎威地拿着石头向金牛打来，可是金牛面无惧色，抡起宝刀就向小锉个子猛砍。交战几个回合，小锉个子的脑袋瓜就被金牛给削去了。瘸腿盗贼见势不妙，拔腿就跑，剩下的一个盗贼边喊"别怕，咱们打死他"，边向金牛投来一块大石头。金牛躲过一块又一块石头，心里只有一个念头，杀死盗贼，为乡亲们除害，便不顾一切地追打。不料瘸腿盗贼从背后打来一块大石头，正好打到金牛的头上。他顿时觉得天旋地转，两条腿不听使唤，就一头栽倒在地上。两个盗贼想趁机逃命。这时，山上传来了捉贼的喊声，原来是小妮和阿玛那尧带领着老猎手们围上来了。那两个盗贼见此情景吓得屁滚尿流，拼命地往树林子里钻。就听"啊"的一声惨叫，有

一个盗贼后背中了那尧的利箭，剩下那个瘸腿盗贼更是没命地跑了。可他跑得再快也没有箭飞得快。又是"啊"的一声惨叫，瘸腿盗贼的咽喉中了小妮的毒箭。三个盗贼就这样得到了应有的下场。

当乡亲们赶到山上时，只见泉口上的金龙完整无缺，可是勇敢的金牛却已倒在血泊之中，为大家献出了年轻的生命。小妮抱起金牛号啕大哭，眼前模糊一片。乡亲们含着热泪把金牛安葬在山顶上。小妮摘下几朵野花放在金牛墓的周围，她的泪水像两条倒挂着的小河流起来没个完，为了纪念这位保护大伙利益而献身的英雄，人们就把那座大山叫成了金牛山。

故事小火花

为了保护金龙，保住全族人的性命，金牛孤身奋战，献出了自己年轻的生命，是当之无愧的英雄。人们为了纪念他，把那座大山叫成了金牛山，这就是金牛山的传说。

知道中国，多一点

龙：在我国古代的神话与传说中，龙是四大神兽之一。在中国的传统信仰中认为龙可以兴云布雨，很多地区都有对龙的信仰，如建立龙王庙，在天旱需要降雨的时候，大家会准备贡品去龙王庙叩拜，恳求龙王降雨，使庄稼得以丰收。

日积月累

有勇气的拳头，敢与钢锥碰撞。——谚语

勇敢的小伙子

讲述者：金奎灿 / 翻译者：黄昌桂 / 整理者：丁永锡 / 搜集时间：1979 年 / 搜集地点：珲春县珲春镇 / 流传地区：吉林省延边朝鲜族自治州

很久很久以前，在一个海滨上有过一种鸟。它个头挺大，生性很凶恶。活了几百年，它就变成了妖怪。有时它还变成了人，行凶作恶。所以，出海打鱼的人，都怕碰上它。

就在那个年头，在这海滨上的一个山沟里，住着一户人家，家里只有母子两个。母亲患有一种病，长年受到病魔的折磨。这个病是她小时候在海边上得的，按理说，现在她到海边，每天在海水里洗一次澡，也完全可以治好。可惜，就是因为有那个凶恶的鸟，她就去不了啦。

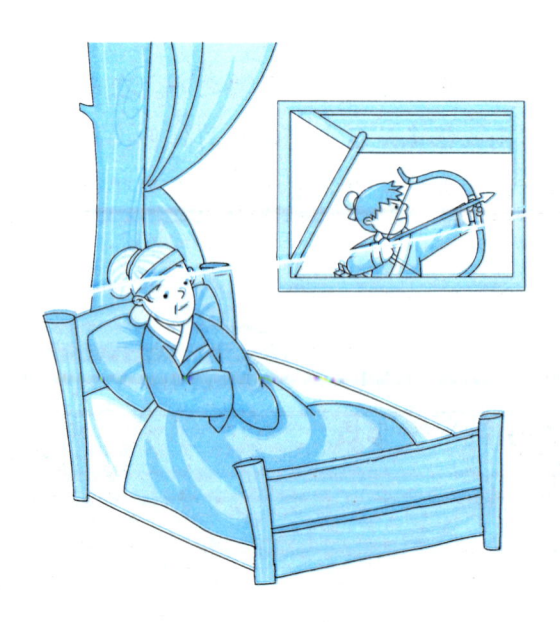

一天，儿子握住母亲的手，恳求道：

"妈妈，咱们去海滨吧，我去把那个妖怪除掉。你也知道，我的劲儿很大，像黄牛一样的。"

母亲说：

"好，你要救我的命，你就从今日起练弓吧。等你的弓法长进了，能射掉飞过去的大雁，我就跟着你去海滨。"

从这以后，儿子每天去练弓。每日，天蒙蒙亮出去，天黑才回来。苦练了三个月十日，他的弓法大有长进，大雁飞过，一箭能射掉两三只。

母亲这才跟着儿子去海滨了。他们在海边砌石盖房子住下。母亲每天在海水里洗一澡，病明显地见好了。

三年过去了，母亲痊愈。可是那个凶恶的鸟，一次都没有露面。

一天，母亲叫来儿子，语重心长地说："儿呀，有你照料，我的病就好了，你是个孝子。我有句话对你说，身为一个男子汉，活着不能只为母亲一个人呀！这宽广的大海多好哇！可是现在打鱼的人，就是因为有那个凶恶的鸟，饿着肚子也不敢到海里打鱼。你要真正是我的儿子的话，就不要惦念妈妈，打那个妖怪去吧。妖怪不除，你就不要回来。"

母亲的话里充满着对儿子的切切期望。

儿子双膝跪地，郑重地向母亲发誓后，就背着弓，打妖怪去了。

小伙子沿着海岸，走了又走，已走了半年。一天傍晚，他在沙滩上走着，抬头望去，发现在山脚下有一排排的房子，都是砌石而成的。走过去一望，砌起来的石头都很大很大，不是人力所能搬动的。小伙子警惕地往四下里望了望，在房子那头，一个白发苍苍的老头抱着劈柴向他这边走来。他赶快拉弓，对着老头低声有力地问：

"是人，还是鬼？"

老头一听，慌忙把手指搁在嘴边用眼睛指着中间一栋房子，动动胳膊，做着鸟拍打翅膀的动作。

小伙子领着老头拐过山弯后，就问老头："中间那栋房子里有谁？"

"有妖怪，它正睡觉。它把很多人都圈在这里了。它一醒来，就随便把人抓去杀掉，再从尸体里拔下胳膊腿，拿到海里去扔。它从海里回来，又睡一觉，等到深夜再起来去海里看。定时，会发现，在扔胳膊腿的地方，拥来很多鱼，有鳕鱼、蛳什么的……"

老头说着，不时把眼光投向有房子的地方。原来，这个老头也是被妖怪抓来的，妖怪看他年老，不会有逃跑的危险，就把他放在外头干杂活。

老头知道小伙子的来意后，用惊疑的眼光端详着他，问道："打妖怪？你能吗？"

小伙子拿起弓，出示道："有这个不行吗？"

"它的胸脯，箭射不进去。"

"射眼睛呢？"

"那倒可以，不过能射中吗？"

小伙子对老头表示，不必担心，他自有办法。小伙子拐过山弯，径直朝着中间那栋房子走去。凑近房子一听，妖怪在屋里呼呼打鼾。鼾声很大，用石头做成的房门都震动了起来。小伙子爬上房顶，透过石头缝注视着屋里的动静，等着妖怪睡醒。等了半天，妖怪才醒来。它一醒，就睁开惺忪的眼睛，把翅膀拍打了几下。小伙子连忙挪去前

面的石头，拉满弓，瞄着妖怪的眼睛，射击了一箭。箭射中了，妖怪扑棱一声，就从地上飞起来，直扑向小伙子。小伙子再射出了一支箭，妖怪一闪身，就把箭接住，一折断，扔在了地上。小伙子又射去几支箭，也都被妖怪接住了。当小伙子射出最后一支箭时，妖怪已经扑到他的身上，抱着他摔在了地上。小伙子被压在妖怪身下挣扎着，灵机一动，就从裤腰里拔出匕首，照妖怪的喉咙一捅。妖怪把头耷拉在地上，翅膀扑打了几下，就死去了。

人们从妖怪的魔掌里被救出来了。他们对小伙子感恩不尽，当场做了一台轿子，抬着他回到他母亲住的村子里。母亲很高兴，连鞋都顾不上穿，忙迎上来。

从此以后，海滨上的人们过上了自由平安的生活。

故事小火花

小伙子一片孝心，先为了母亲的健康勤练武艺，母亲深明大义，牵挂着渔民们，勇敢的小伙子最后除掉了妖怪，让人们重新过上了自由平安的生活。

知道中国，多一点

轿子：在古代，轿子不仅是代步工具，而且是社会等级的象征，皇帝的轿子抬的人数最多，表示皇帝的威严。现在还有"八抬大轿"的说法，指态度诚恳，仪式隆重。

日积月累

只要男儿有勇气，岩石也能被凿穿。——谚语

捉蛇精

讲述者：王　　/记录整理：朱迟/采录时间：1988年/采录地点：南渡镇中学/流传地区：江苏省溧阳县北部地区

从前，有一个小村庄，坐落在丛山的山坳里。这一带山清水秀，鸟语花香，风调雨顺，年年丰收。村里的人在一块儿过着愉快的生活。可是，这安稳的日子没能过上多久，就发生了一件可怕的事。

一天，村里人都在地里割谷子，不知从哪里来的水，直冲向村子，还没等人们弄清这是怎么回事，整个村庄就被水冲得无影无踪了。只剩下一个聪明、能干的姑娘和一个善良、勇敢的小伙子，因为他俩一早上山打柴，晚上回来时，看不见村庄、找不到一个乡亲，俩人痛苦异常，每日四处寻找。

这一天，他俩发现山边有一尊石狮子。而且听到有人在说话。周围并没有一个人影，声音越来越大。原来是石狮子在说话："年轻人，你们还记得吗？你们小时候常给我们饭团吃。"经这一提，他俩想起来了：他们很小的时候，在山边割草，曾有一只石狮子向他们要过饭吃，当时觉得很奇怪。以后，他俩每天从家里带一个饭团塞进石狮子的嘴里。但两年以后，这石狮子忽然不见了。现在看来，这就是那只石狮子。

接着，石狮子对他们说："我原来是这里的护山神，让这里的百姓过安稳生活。可是，后来不知从什么地方来了一个蛇精，它对我施了魔法，我就不能动了。如今这场大水就是蛇精施的魔法，它把村里的百姓、房屋和庄稼都冲到很远的一个山洞里去了，洞门永远打不开。因为在洞门上有一把玉锁，任何钥匙都没用，只有蛇精死了，它的尸首才会变成一把玉钥匙，用它才能打开洞门。"说到这里，石狮子叹了口气。姑娘赶忙追问："那怎样才能杀死蛇精呢？你能帮助我们吗？""要杀死这蛇精是很困难的，但我可以把办法告诉你们，你们要下恒心去办。"石狮子又说，"从这里向东，翻过九九八十一座山头，涉过九九八十一条河，穿过九九八十一片老林，就可以看到一扇顶天立地的大门，里面挂着一把弓和两支神箭，要拿到这两样东西，才能打开大铁门。你们的心如果是善良的，门就会自开，如果心不好，去了铁门也不会开。如果你们不愿去也可以，现在就钻进我的肚子，这里面有吃有穿，保你们一世荣华富贵。这两条路，你们自己选吧！"姑娘和小伙子毫不犹豫地下了决心：一定要找到神箭，救出村上人。于是他俩从石狮子肚里取出些干粮，带着干粮上路了。

他们翻过了九九八十一座山头，涉过九九八十一条河，穿过了九九八十一片老林，风餐露宿，历尽艰险，万般困难都没有挡住他们的决心。就在一天早晨，在他们面前突然出现了一扇看不见顶的铁门，他们猜想这就是石狮子所说的铁门吧！于是，他们就对着铁门说明来意。说也奇怪，铁门果真开了。他们来到里面一看，遍室金光闪闪的宝贝，他们毫不动心，只是仔细地寻找神弓和神箭。蓦地，他们在许多宝物中，看到了一把正放着光的弓和两支箭，他俩赶忙跑过去取下弓箭，大步走出了铁门。

刚一出门，不知是怎么回事就飞了起来。耳旁风声呼呼，眼前模模糊糊，不知过了多久，他们从天上落了下来。忽然，天边卷来一块乌云，霎时天地一片昏暗。他们知道一定是蛇精来了。正在这时，空中传来狂笑声，接着就听见蛇精吼道："你们俩知道今天我的食物不够，给我送美餐来了吗？"小伙子嘴里发出"呸"的一声，姑娘拉起弓，向笑声射去。蛇精将头一偏，箭射到了对面的山头上，使山头迸裂，乱石四溅。于是蛇精更发狂了。向他们冲来。小伙子又是一箭，这下不偏不斜，正好射中蛇精的头部，只听见一声惨叫，血淌了一地，地上立刻长出一种红草，忽然间红草变成了一把玉钥匙。他们高兴地拾起钥匙打开了洞门，救出了全村的人。

亲人们欢聚在一起，回到了山坳，村上的房屋和田地都和从前一样了。可是，那只石狮子再也不见了，小伙子和姑娘结婚了，人们都尊敬他们，称他们为勇敢的山民。

故事小火花

姑娘和小伙子关心村民的安危，不愿意自己独享荣华富贵，历经困难，不受诱惑，终于打败蛇精，救出村民，不愧被人们称为"勇敢的山民"。

知道中国，多一点

九九八十一： 在中国的传统文化中，九九八十一并不是实指，表示八十一这个数量，而是虚指，表明数量之多，困难之多。《西游记》中，唐僧师徒为了取得真经，也经历了九九八十一难。

日积月累

不怕缺少金银财宝，就怕缺少自信和勇气。——谚语

化石娘

讲述者：蒙泽和（63岁，水族）/ 搜集整理：曹霖、张巢、世质 / 流传地区：贵州省都匀市王司区阳和乡

在都匀套头的沟头寨岩洞石壁上，凸现出一个妇女裸露着丰满的胸脯，怀中抱着正在吮奶的孩子。她披头散发，满面泪水张着口像在喊丈夫……

那阵，天上有十二个太阳，泥巴快要烧成砖块，石头烫得发软，原来淹到坡尖的大海大湖，干缩到坡脚成了水凼、干沟。人们再也活

不下去了。这时，大力士阿劳①愿为大伙去射太阳。远远近近的村寨，凑出最后几把米面，烙成饼给他做干粮。阿劳接过干粮，回家向婆娘告别。他看到愁苦满面的婆娘怀里抱个嫩崽，心里很难受。婆娘眼见阿劳犹豫不走，忍住泪说："去吧，阿劳，待在家里也只有死，上到高陡坡②顶射落那十一个太阳，往后大伙就有好日子过了！"

　　阿劳千辛万苦爬到离天很近的高陡坡顶，吃完米饼后，浑身添了气力，射出的箭很有劲，一连把十个太阳射落下来。想不到他正要射第十一个太阳时，却摸不到箭了，那支箭已经在他爬山时掉进深沟里去了。阿劳叹口气。心想只好先下山铸好箭，再来射吧。

　　阿劳走了之后，婆娘一直惦记着他。这天，她一见对门坡头冒出阿劳的身影，就"阿劳——阿劳"地大声喊起来。"我回来了！我回来了！"对面传来了阿劳的回音。她高兴得跳起来。这一喊一跳，把怀中熟睡的孩子震醒了。太阳又辣，孩子哭个不停，她就抱着孩子退到沟头寨岩洞里，蹲在岩壁下喂奶。她按住胸口，眼睛眯成豌豆角，嘴角露出了甜蜜的微笑。可是，她和阿劳的喊声，让存心要为弟兄们报仇的那个太阳听到了。突然，半天里射出了几道刺眼的红光。她睁眼往外一瞧，正朝她奔来的阿劳，被急奔过来的那个太阳烧成一股青烟飘散了。她急忙站起来，想到外边去，可是头重脚轻，昏昏沉沉往后仰靠在洞壁上。想不到那太阳就坠落在附近，岩壁表面也被烧熔了，把她母子紧紧粘住。她一手抱着吮奶的孩子，一手使劲往后撑，脚也不住地蹬，可是再也挣扎不脱了。她披散着蓬松的头发，两眼涌出的泪水淌满脸上，张口呼喊："阿劳——阿劳啊！"一年复一年，一载又一载，她变得越来越黑了。

　　每逢太阳天，人们到岩洞里去乘凉，常常说起化石娘的故事。据说，要是在夜深人静的时候，用耳朵挨着化石娘的嘴巴，还隐隐约约可以听到"阿劳——阿劳"的微弱喊声哩！

---

① 阿劳：水族神话传说中的英雄人物。
② 高陡坡：在王司区境内。

故事小火花

阿劳为了大伙的安宁射太阳,被太阳报复,被太阳烧成一股青烟飘散了。他的妻子和孩子被太阳粘在了岩壁上,化为石头,还一直呼唤着丈夫的名字。

知道中国,多一点

射日:在我国的各个民族中,流传着很多射日的故事,出现了很多射日英雄,如汉族的后羿,彝族的支格阿龙,哈尼族的俄普浦四,独龙族的猎人等。这些故事,体现了在生产力不发达的时期,中华民族无所畏惧的进取精神。

日积月累

只要有勇气有决心,天上的星星也能摘到手。——谚语

嫦娥盗药

讲述人：赵能甫 / 搜集人：顾强，张光蓉、刘力民 / 整理人：常欢 / 搜集时间：1987年 / 流传地区：成都市东城区

很久很久以前，有个暴君叫后羿。自从他射掉九个太阳后，眼睛更是长到了额楼上，经常背着那张射太阳的神弓，带兵去打抢另外的部落。

每次，他不光是抢走人家的珠宝牛羊，还要把老年人杀光，年轻人带走。挑选美貌的女子供自己玩乐，玩够了再赏给士兵；男的就弄来当奴隶。吃酒吃高兴的时候，就把奴隶拿来杀了取乐。有的当箭靶

子，有的当刀靶子。看到人家的血喷出来，痛得惊鸟呐喊地吼，他就哈哈哈地笑得一脸稀烂。

一次，他又去打抢了个部落。带回的人中，有一个长得很美名叫嫦娥的女子，虽说是麻衣布裙，硬是好看不过素打扮，再加她本身就像一朵刚爆出骨朵儿的鲜花，硬是哪个见了哪个爱，叫花子见了都要牵口袋。

后羿一看到嫦娥，连眼珠儿都不晓得转了。马上带进宫去，估倒①要同她成亲，嫦娥早就恨透了后羿，她在身上藏了把刀，一下摸出来对着自己心窝子，说："你要耍横，我马上就死在这儿！你也不会有好报应的！"

怪不怪？后羿那么凶恶的人，杀个人就像捏死只蚂蚁儿，就是偏偏舍不得嫦娥死。只好把她关起来，天天叫人劝她。

有一天，后羿突然得了急病，吃汤灌药都不见起色。正在这个时候，不晓得哪儿来了个不懂事的神仙，他给了后羿一颗丹丸，说吃了这颗丹丸不只是病要好，还可以长生不老，与天地同寿。后羿正巴幸不得②，拿出很多金银珠宝送给神仙。

这件事传到了嫦娥耳朵头，她急得滚油煎心！这个冤孽多活一天，就不晓得要多死好多人；若是再长生不老，天下怕是草都找不到一根活的了！

嫦娥决心把后羿的药弄③了。她搜肠刮肚地想啊、想啊、东打条、西打条，最后想了一个办法。找人带信给后羿，说愿意嫁给他。

后羿得了长生不老的药，又听说嫦娥愿意嫁给他，喜欢得睡着都笑醒了！第二天正是八月十五。他就大摆宴席，招待三亲六戚，要同嫦娥成亲。

这天嫦娥打扮得特别漂亮，刚一出来，满朝文武都像一口气喝了

---

① 估倒：这里是强行的意思。
② 巴幸不得：求之不得。
③ 弄：这里是破坏掉的意思。

三斤白酒，晕乎乎的。有的眼睛鼓起，有的嘴巴张起，憨痴痴的就像庙子头的菩萨！没得一个人还想得起把筷子朝油大钵钵头伸。

后羿看到这个样子，心就像泡进了糖罐罐，笑起来鼻子眼睛都挤在了一堆。他问嫦娥："早先估倒你都不干，这阵子咋个想通泰了呢？"

嫦娥假巴意思把一杯酒献到他面前，说："大王是英雄，我自然应当陪伴大王一辈子。听说大王得了一种长生不老的药，还请大王赐给我一半，这样，我不是可以永远和大王在一起了吗？"

这碗米汤把后羿灌得周身轻飘飘、软绵绵的了，巴不得这个漂亮姑娘天天守在自己身边，脑壳点得就像鸡啄米一样，连声说："要得、要得。"一边从贴身的汗褂褂头摸出一个金光闪闪的小匣子，对嫦娥说："等今晚入了洞房，我就分给你。"说完依旧揣好。

嫦娥暗暗记住后羿放匣子的地方。装得多喜欢的，左一杯右一杯地给后羿敬酒。后羿早就云里雾里的了，也绷起劲仗①猛势喝。杯杯见底。等到进入洞房，早就醉得像一堆稀泥巴了。

嫦娥不敢耽搁，赶紧从他身上取出金匣匣，打开一看，香味扑鼻，当中硬是放了一颗红色的丹丸，见后羿还睡得像死猪一样，赶紧轻脚轻手跨出门去。

守宫的人见是大王新接的贵妃，不敢阻拦。嫦娥一出宫门，就拉伸趟子跑。她要把药丢到很远很远的地方去。

哪晓得后羿酒量好，虽说醉得人事不省，睡个打屁觉②也就没得事了。醒转来一看，嫦娥不在身边，身上的盒盒，也不在了。晓得是遭了嫦娥的姑拐。马上骑起快马，背上弓箭，跟到就去撵。

嫦娥虽说先跑了一阵，又哪有马快呢？听到背后人喊马叫，晓得是后羿追起来了，深一脚浅一脚地拼命跑。后面的声音越来越近，嫦娥车转脑壳一看，后羿正在取弓箭，嫦娥心想糟了！跑不脱了。我死不打紧，后羿把药抢回去，天下就遭殃了。她心一横：干脆把它吞进

---

① 绷起劲仗：四川话勉强逞能的意思。
② 打屁觉：时间很短的睡眠。

肚子，看你到哪儿去找！边跑边把金匣匣打开，拿出丹丸一口吞了下去。才怪哟，药一吞下去，她就觉得身子变得轻飘飘的，跑着跑着脚板儿就离开了地面，慢慢朝天上升。后羿在后面看见，急得火烧火燎的，赶紧放箭去射。越射嫦娥飞得越高，最后竟飞到月亮头去了。

后羿得不到药，不久就死了。从此，人们再也不受这个暴君的欺压。大家怀念嫦娥，常常在夜晚对着月亮望，直到现在都是这样。要是你眼力好，还能在月亮上看到嫦娥的影儿呢。

故事小火花

为了让大家能过上幸福平安的生活，善良勇敢的嫦娥挺身而出，假装答应嫁给后羿,以盗来丹丸,嫦娥一心为了大家,深受人们的怀念。

知道中国,多一点

嫦娥奔月:后羿射日、嫦娥奔月是我国古代的神话故事,有很多个不同的版本,本文中的后羿是个暴君,嫦娥是个挽救大家的女英雄。这些迷人的故事和瑰丽的想象,体现了我国文化的博大和古人的智慧。

日积月累

说话和气的人不一定没勇气,悄悄行善的人不一定无智谋。

——谚语

雅拉夫妇射月亮

搜集者：李运 / 采录时间：不详 / 流传地区：河北省宣化县

在古老的年代里，天空只有太阳，没有月亮，也没有星星，一到晚上，四处漆黑。

忽然有一个晚上，天空出现了个热烘烘的月亮。它七棱八角，不方不圆，像山上刚爆下的大石块。它发出毒热的光，像火箭一样，把田地里的禾苗射得枯焦焦，人们在晚上热得来回翻滚，睡不着觉。天呀！我们不要这个毒热的月亮呀！我们快要被烤死了，人们汗流气喘地呼号着。

那时，大石山脚，住着一对青年夫妇，男的叫雅拉，射得一手好箭，专门跑山打猎。女的叫尼娥，织得一手好锦，专门在家里织锦。

尼娥看见月亮这么凶恶，便对雅拉说："你是好射手，把月亮射下来，救救大家吧！"

雅拉拍一拍胸，拿起弓箭，爬上屋后的高山顶，他咬紧牙根，鼓足气力，弯弓搭箭向月亮射去。可是，箭到半空中便落下来了。他一连射了一百支箭，一百支箭都在半空中落了下来。

箭射完了，他抬头看

看天上热烘烘的月亮，低头看看山下枯焦焦的禾苗和黄瘦黄瘦的人们，长长叹了一口气。忽然，"吱呀"一声，背后的大石块像门一样张开，一个白胡子老人走出来说道："南山有大虎，北山有高鹿，若要膀力强，吃完虎鹿肉。虎尾弓，虎筋弦，鹿角箭，射得月亮团团转。"说完，老人钻进大石块里，石门"吱呀"一声，关住了。

雅拉明白了老人的话，下山和尼娥商量怎样捕捉老虎，尼娥说："你箭法高强，把虎鹿射回来就是。"雅拉说："南山的大虎和北山的高鹿，我也曾射过。它们的皮子又厚又韧，箭射不进去，只有用大网，可是，哪里得到一张坚韧的大网呢？"

尼娥想了一想，摸摸自己长长的头发说："用我的头发来织一张大网吧。"随即扯下自己的头发来。她的头发很奇怪，扯光了又冒出来，扯光了又冒出来，像蚕丝一样扯不尽。

这一对青年夫妇不分日夜地织网，织了三十天，一张有锁口的大网织成了。夫妻俩拿起网到南山大老虎洞口兜围好。老虎出洞来找食吃，一锁就锁住了。老虎乱翻、乱滚、乱吼，山岳也震动了，他们用铁针刺瞎老虎眼睛，用斧头砸碎老虎脑壳，拖了回来。

夫妻俩又到北山高鹿洞口，用同样方法捉回高鹿。雅拉吃完虎肉鹿肉，身子添了千斤气力，他把虎尾做弓，虎筋做弦，鹿角做箭，又登上了大山顶。他拉弓搭箭，站定桩子，鼓足气力，"噌"一声，箭飕飕地直向月亮射去，"噼啪"一声，月亮火星乱冒，那火星散布在天空就成了星子。鹿角箭碰着月亮又转回来，落在雅拉的手里，雅拉搭上弓弦又向月亮射去，一连射了一百次，把月亮的棱角都射掉了，满天散布着星子，月亮成了一个圆圆的轮子，在天空打转转。可是月亮还是热烘烘的，发出毒热的光，向地上射来。禾苗还是枯焦焦的，人们的脸孔还是黄瘦黄瘦。

雅拉拿起弓，垂头丧气地走下山来，对尼娥说："尼娥，怎么办呢？月亮还是毒热毒热的啊！得用一块东西把月亮遮住才好。"

尼娥正织着一幅快乐家庭锦，锦上绣着一间精致的房子，门口绣一株金黄的桂花树，草地上绣着一群白羊和白兔，尼娥把自己的像绣在了桂树下，她准备把雅拉也绣上，可是还没有来得及绣。尼娥听雅拉说要用块东西遮住月亮，便说："把这幅大锦绑在箭头，射上天空，遮住月亮吧！"雅拉立刻把大锦绑在鹿角箭头，又登上山顶飕地一箭，射上月亮，把月亮蒙住了。月亮不再毒热了，它发出幽幽的白光，清清凉凉的，好可爱啊！人们在山下哈哈地笑起来，雅拉站在山顶上，笑眯眯地望着月亮。忽然，看见大锦上的尼娥，桂花树、白羊、白兔都在月亮里活动起来了，月亮上的尼娥向地上一招手，站在家门口的尼娥就轻飘飘地飞上天空，飞进月亮里，两个尼娥合成一个尼娥。雅拉在山顶看见尼娥飞到月亮里，他心头一急，两脚一软，便坐在石头上。他眼睁睁地望着月亮，拉长嗓子喊："尼娥啊，你为什么不把我也织在锦上呢？尼娥啊，下来吧！尼娥啊，下来吧！"尼娥在月亮里也急得蹦蹦跳，她把自己的头发拉得长长的，编起一条长长的辫子，月

亮走到山顶上空的时候，尼娥把辫子垂下山顶，雅拉抓住辫子，一挪一撑地像猿猴一样，爬进了月亮。

他们两人紧紧地拉着手，好欢喜啊！此后，尼娥坐在月亮里的桂花树下织锦，雅拉在草地上看护白羊白兔，他们的生活好甜蜜啊！

你们看，那月亮里面的黑影子，就是雅拉和尼娥啊！

故事小火花

雅拉威武勇敢，尼娥聪明灵巧，他们用大锦布把毒热的月亮蒙住，拯救了大家。他们俩飞到月亮上，继续过着幸福甜蜜的生活。

知道中国，多一点

月亮：与太阳一样，月亮也有很多动人的传说。故事中，月亮的清凉是因为它被尼娥的锦盖住了，月亮上的黑影是雅拉和尼娥的家。嫦娥奔月的故事也大致相似，月亮上是广寒宫，广寒宫里住着嫦娥和白兔，还有一株桂花树，天将吴刚被玉帝罚来砍树。

日积月累

登山靠勇气，成事凭志气。——谚语

九曲连塘的传说

讲述者：赵风友 / 整理者：李无畏 / 搜集时间：1983 年 / 搜集地点：延吉市 / 流传地区：吉林省延边朝鲜族自治州

在珲春县广为流传着一个叫"九曲连塘"的传说。

在珲春县正南方向九十里处有个敬信乡。敬信乡坐落在一个四面环山中间低洼的盆地里，一遇到雨水大的年头，这块低洼地便积满了雨水，老百姓种的庄稼就遭了殃。要是能把水引出去有多好哇！于是，乡里就有人出了个主意"这里离图们江很近，要能挖一条顺水河，就能把水排进图们江了。"说来也巧，这事儿被一条修炼了

九千九百九十九年的泥鳅精知道了,他不忍心看见人们受苦受难,便打算给老百姓做点好事,用自己这身大力气把水引到图们江去。他说干就干,有一天,真的在涝滤盆地上开始拱沟了。你瞧那泥鳅精,黑黝黝的,灰色的肚皮沾满了泥巴,尖尖的脑袋一窜一窜的,像一条巨龙,在泥海里奋力游动,不一会儿,便在他尾巴后留下一道长长的深水沟。不知咋的,这事叫海龙王知道了,它挺佩服泥鳅精这股子硬劲儿,就变做人形,走出大海,直奔敬信乡来了。到这里一看,嘀,真是名不虚传!哪知这泥鳅精真使出浑身的劲了,他已经拱出好长好长一段顺水沟了。于是他找到泥鳅精,对他说:"我说泥鳅精哇!你这事办得真好,就凭这个劲儿,你管保能成仙的。我想问你一句,你想不想到大海里去啊?这泥鳅精非常高兴地答道:"我早就想到海里去了,可就是不知道咋个去法呀!"

海龙王说道:"这事儿挺容易,不过,得看你有没有诚心了。现在,你拱这条深水沟是想把水引到图们江去,但依你的能耐,得拱一百道弯方能行。"泥鳅精一听乐了,忙说道:"我拱一百道弯儿,保准能行。"

"嗯,你有这个诚心就好,到时候我在图们江口摆个龙门等你,你要是能跳过龙门,我就让你变成龙,你就到大海里去了。不过,我有个条件你得答应。"

"什么条件,你说吧!"

"你要是一口气拱不了一百道弯得有愿受罚。"泥鳅精一听连忙答应道:"好,咱们就这么定了,那么什么时候开始算呢?"

"就从二月二那天开始吧!"

到了二月二那天,泥鳅精按海龙王提的条件,继续拱深水沟。它拱啊拱啊,一直拱到八十道弯儿的时候,忽然从不远处传来一阵阵凄惨的叫声,那声音揪人心肺,搅得泥鳅精再也耐不住性子,猛猛地抬起头来,呀!不好,一个小丫头在小河沟边上被一条大长虫追赶着,小丫头边跑边喊救命,眼看就被咬住了,这可咋办?泥鳅精顾不了许多了,一蹿高儿,扑到长虫身上,"咔嚓"一口,一会儿就把个大长虫咬成两截了,这条长虫就直挺挺不动弹了。小丫头见它是条粗大的泥鳅,吓得一溜烟儿跑了。泥鳅精回过头来又继续拱深水沟。怎么这么糊涂,刚才记得是八十道弯儿,这会儿怎么多记了一道,成了八十一道弯儿。他拱啊拱,一共拱了九十九道弯,他还以为拱了一百道呢,就抬起头来,刚好瞧见海龙王在图们江口等着它呢。他满心欢喜,笑呵呵地说道:"海龙王,按您的旨意我顺顺当当地拱到这里,你数一数吧,是不是一百道弯儿?"

不料,那边海龙王却哈哈大笑起来,说道:"泥鳅精,你回头看看吧,你拱的到底有多少道弯儿?"

泥鳅精听到这儿,站起身,回头细数了一遍,"呀!怎么搞的,咋是九十九道弯了呢?"他傻眼了。

海龙王说道:"怎么样,咱们原来说的是一百道弯儿,你只拱了九十九道弯儿,这你还有什么可说的?"

泥鳅精耷拉下脑袋,只得把救小丫头的事儿唠叨一遍,想让海龙王可怜可怜他。

但海龙王却一口咬定说:"没有什么可讲的你得受罚。按条件你就等九千九百九十九年后再拱这一百道弯吧!"说完,他就回龙宫去了。

泥鳅精后悔极了,当初为啥那么粗心?再说,我已经修炼了九千九百九十九年,再等这么多年,老百姓得遭多少灾呀!不行,剩这么一点儿,我一定得干完!他一口气之下,使尽全身力气,蹦了起来,猛地向下一落,再蹦起来又猛地向下一落,连连砸了九个大坑儿,这就是现在珲春县敬信乡的

九道泡（塘），这九道泡弯弯曲曲，相互联通，碰上涝年头，这九个泡子的积水便流进深水河，再流入图们江。当地老百姓为了答谢泥鳅精涝水的功劳，便向海龙王请愿，请求解脱泥鳅精，让它成龙。

海龙王为了满足老百姓的意愿，便于第二年的二月二在图们江口又搭起了龙门。泥鳅精用尽全身力气，终于跳过了龙门。

"九曲连塘"就是这么来的。

故事小火花

泥鳅精心系百姓，为百姓排忧解难，为了救小姑娘，阻碍了成仙的事。老百姓感恩泥鳅精的功劳，向海龙王请愿，泥鳅精终于跳过龙门，成为一条真正的龙。

知道中国，多一点

跳龙门：泥鳅精通过跳龙门，变成了龙。在我国，流传着"鲤鱼跳龙门"的神话故事，传说鲤鱼跳过龙门，就会从不起眼的小鱼变成呼风唤雨的龙。现在多用"跳龙门"表示命运的转变，比喻飞黄腾达，也用跳龙门的勇气和毅力来表示逆流勇进、奋发向上。

日积月累

有勇气终能达到目的，怕困难不能实现愿望。——谚语

茫耶寻谷种

讲述者：韦习弄、罗华林、岑尕 / 搜集整理：汛河 / 流传地区：贵州省望谟、册亨、安龙等县

在很古老的时候，世界没有五谷，人们吃的是兽肉树皮。

那时候，人们知道在很远很远的西边天脚，有一个神洞，洞里藏着很多很多的谷种。于是，大家就决定选派一个聪明勇敢的人到西边天脚神洞里去取。选派谁去呢？谁能克服千难万险呢？左挑右选都选不出来一个合适的人，这时有一个叫茫耶的后生，挺身而出向大家说："让我去！"经过茫耶再三请求，大家勉强答应了。

茫耶出发的那天，人们送了一程又一程。

茫耶走了七天七夜，翻过了九十九个大坡，爬过了九十九重峻岭，又穿过了许许多多不见天日的森林，遇上了成群结队的虎、豹、豺、狼和毒蛇。但是，这些艰险，茫耶都战胜了、克服了，他继续往前走着。

茫耶又走了七天七夜，肚子饿了，就找野果吃；马走累了，就下来自己走一段。

又走了好久好久，有一天，茫耶实在是又饿又倦了，他就下马来找吃的。他找到一棵大野桃树，树上结满了野桃，于是，他就痛痛快快地吃了一顿，吃够了，就靠在桃树下迷迷糊糊地睡着了。茫耶在梦中，看见一个白胡子老人，牵着一匹马，带着一条小狗，远远地朝他走来。白胡子老人走到他面前，就向他问道："年轻人，你要去哪里呀？"茫耶回答道："老公公，我要到西边天脚那神洞里去取谷种，让人们种五谷，有粮食吃，过好日子。"白胡子老人听了，笑着说："小伙子呵，到西边山脚神洞里去取谷种，要经过千辛万苦，有死的危险，你有这样的胆量吗？"茫耶向老人表示说："不管如何艰险，只要我活着，一定要把谷种取回来！"白胡子老人见茫耶这样坚决，就告诉他道："好！你既然不怕艰险，一心一意为人们寻找谷种，那我就来帮你的忙吧。"白胡子老人指着前面对茫耶说道："记住，从这里往前走，再走三十天路程的地方，有一棵大白果树，树上有一个斑鸠窝，窝里有一个斑鸠蛋，蛋里有一把钥匙，那钥匙就是专门开西边天脚那个神洞的。白果树脚还有一个洞，洞里藏有一把宝剑，那宝剑可以降伏一切妖魔鬼怪和毒蛇猛兽。你得了钥匙和宝剑之后，再走三十天路程，就会遇到一条红水河，河里有一条蛟龙，专门兴风作浪，阻拦过往的行人。但河边有一头石牛，石牛的肚子里藏有一副弓箭，只要你带一把灵芝草，走到石牛跟前，把灵芝草递给它吃，它就会张口。这样，你就赶忙从它嘴里把弓箭取出来，那弓箭是专门制服红水河里的蛟龙的。你过了红水何，再走三十天，又会遇到一座大火山，但这也不用怕，当你见到火山时，就在火山的对面那堵红岩缝里找一找，那里有一把扇子，你得了那把扇子，拿它向火山一扇，火山就会给你让出一条路。这样，你就能顺利到达西边天脚下的神仙洞去取谷种了。"最后，白胡子老人又把他那匹马和那只小狗交给茫耶说："来吧，把你的马和我的马调换，我这匹马一天可以行走一千里路；这只小狗，我也送给你，在必要时，它会对你有好处。"白胡子老人说完就走了。

茫耶醒来，果真见一匹肥壮的枣红马和一只小狗站在他的身旁，自己原来的那匹马却不见了。于是，暗暗地记着白胡子老人的话，骑上马，带着狗，又开始往西走了。

茫耶走了三十天，果真看见前面悬崖上有一棵白果树，树上真有一个斑鸠窝，于是，茫耶就爬上树去取斑鸠窝里的蛋。一点不错，窝里不多不少恰恰有一个斑鸠蛋。茫耶拿下了斑鸠蛋，轻轻地把它敲破，"当——啷"一声，一把金晃晃的钥匙掉了出来，茫耶急忙捡起来揣在怀里，接着又在白果树脚的洞里，取出了宝剑，就继续往前走了。

茫耶一路上又经过了数不清的深山老林，遇到了很多奇形怪状的毒蛇猛兽，但他都用宝剑一一把它们征服了。茫耶又走了三十天，来到了一条河边。这条河和别的河不一样，河水是红的。茫耶一到河边，正想过河，忽然狂风大作，河水掀起了千尺巨浪，顿时，把茫耶阻住了。但他又立即想起白胡子老人的话，于是就找了一把灵芝草，去找白胡子老人所说的那头石牛。茫耶在红水河边的一个大石林里找到了石牛以后，就急忙把灵芝草送到它嘴边，果然，石牛就张着嘴来吃灵芝草。就在石牛张嘴的时候，茫耶看到了它肚子里的弓箭，就急速地一把抽了出来。

茫耶随即就张弓搭箭朝河里射出了一支。一霎时，风平浪静了。茫耶就骑着马，带着小狗，平安地涉过了红水河。

茫耶又走了三十天。他越走越觉得天气热起来。走呀走，果然前面就出现了一座又高又大的火山，山上喷出股股烈火。茫耶又照着白胡子老人的话，在火山对面的大红石岩缝里，找来了一把扇子，朝火山扇着，说也奇怪，扇子一扇，火山就让出了一条大路来。于是，茫耶又继续往前走。

　　最后，茫耶终于来到了西边天脚，找到了神洞。当茫耶正高兴地朝洞的大门走去时，突然从洞门两面跳出两个把门的洞神，一个是红脸，手拿两把斧头，一个是黑脸，手拿一把大刀，挡住了去路。茫耶急忙说明自己的来由，两个洞神听了，怒气冲冲地说道："我们的谷种是不给世间凡人的，你想来拿，万万不能！快回去，否则，我们就要砍死你！"茫耶再三要求，那两个洞神还是不肯放他进去，动起刀斧，想要砍死他。这时，茫耶也忍不住火了，拔出宝剑，一下子就砍死了那个黑脸的洞神。那个红脸的洞神见势不好，就抡起大斧直朝茫耶砍来，茫耶眼疾手快，将宝剑一挡，结果宝剑被红脸洞神砍落了，要想取弓箭也来不及。茫耶就朝红脸洞神扑去，红脸洞神的斧头被打掉，抛在一边去了。就这样，两人赤手空拳搏斗起来。打去打来，打来打去，最后，茫耶有点支持不住了，正在这危急的时候，小狗跑来帮忙

了。小狗一口咬住红脸洞神的颈子，死也不放，茫耶乘机翻过身来夺过红脸洞神的大斧，顺手给了他两斧头，结果了他的性命。

茫耶提起宝剑往洞里走去。走不多远，来到了第二道门，迎面又扑过来了一只白虎，茫耶不容迟缓，举起宝剑，照准白虎猛力砍去，不偏不倚，正砍在白虎的头上，白虎就被砍死了。可是，由于用力过猛，宝剑也给震断了。宝剑没有了，怎么办呢？茫耶只得仗着弓箭，壮着胆子，继续朝洞深处走去。当他走到第三道门时，头上"呼"的一声飞下一只大神雀，茫耶来不及张弓搭箭，只好随身一闪，大神雀扑了一个空；接着又扑来第二次，茫耶又一闪，也躲过了。就在这时，小狗跳上去一口咬住了大神雀的尾巴，茫耶乘势赶过来，把大神雀打死了。

进了第三道门，前面就是盛谷种的地方了。茫耶上前用力推门，但那么厚厚的石门怎么能推得开呢？正在为难，他突然想起了怀中的钥匙，于是急忙取出来把门打开。"嘎——"石门开了，哟！好多金闪闪的谷粒哟！茫耶不容怠慢，急忙把阿妈亲手缝的那个袋子拿出来，装了满满的一袋谷种。可是当茫耶正要往回走时，石门"嘎——"一声关住了。于是，他就拿出钥匙来开。但怎样也开不开了。他急中生智，把钥匙倒转猛力一扭，门开了。这样，他才走出了大石门。再往外走，走到第二道门和第一道门时，门照样是锁着的，他又将钥匙反倒过来把门打开走了出来。一出门，他就急忙跨上马，抱着小狗，提着谷种，往回家的路上飞驰着。

茫耶往回走，当他走到火山地方时，火山的热气更大了，于是他又拿出扇子，一面用力扇，一面只管往前走，走了一天一夜，才算把火山过完。茫耶又往回走，当他来到了红水河边，这时，红水河的浪涛更是凶猛了，茫耶又急忙取出弓箭往河里射了几箭，可是头两箭却没有生效。茫耶心里急了，用力拉满了弓，射出了最后一箭，红水河的浪涛才算慢慢平静下来，可是由于用力过猛，弓箭都被拉断了。

茫耶过了红水河，来到离家乡只有九天九夜的路程时，马累倒了；

茫耶自己也由于经过多次的战斗，累得不能支持了。怎么办呢，茫耶想去想来，最后才决定将装谷种的袋子拴在小狗的颈子上，让它先走。为了使家乡里的人知道小狗是替自己先带谷种来的，茫耶还把姑娘们送给他的飘带和口袋一起拴在小狗脖子上。就这样，小狗便先走了。它径直往东方走去。

茫耶送走了小狗以后，由于过度疲劳，终于倒下了。从此，聪明、勇敢而又善良的茫耶，再也回不到自己的家乡了，再也看不到慈爱的阿妈了，再也看不到乡亲们和年轻的姑娘们了。

小狗离别了茫耶以后，走了九天九夜，经过了千万险恶，躲过了千百次的毒蛇猛兽的追捕，终于回到了茫耶的家乡。家乡的人们看见小狗颈上拴着茫耶带去的飘带和袋子，急忙把袋子解下来，一看，袋子里装满了金闪闪的谷种，人们又惊又喜，知道茫耶一定出了什么事，立即派人去寻找。可是茫耶已经死了。他为了人们的幸福，献出了自己的生命。

从此，人们有了谷种，就开始了耕种，过着幸福的日子。人们一直纪念着用自己的生命换取谷种的茫耶。人们也一直纪念着那只勇敢的小狗。后来，布依族地区的人们，在每年七八月间吃新米时，总要先拿给狗吃，据说这是因为谷种的得来，狗也有一份功劳。

故事小火花

茫耶为了求得谷种，历经艰难险阻，勇敢无畏，牺牲了自己的性命。人们有了谷种再也不用吃兽肉树皮了，过上幸福的生活。

知道中国，多一点

谷种的传说：人吃五谷杂粮，谷种对人类生存至关重要。同射日传说一样，中国的各民族中，有很多关于谷种来源的传说，如哈尼族传说是英雄玛卖和他的金马从天上带回谷种，壮族和苗族传说中是狗从天神处为人间带来谷种。

日积月累

勇气越大，困难越小。——谚语

夜明珠

讲述者：高自山 / 采录者：高爱淑 / 整理者：刘希功 / 采录时间：1987 年 / 采录地点：清丰县大流乡高村 / 流传地区：河南省清丰县一带

听老人传说，东海龙王有一个女儿长得很美丽，非常聪明，这年已经十八岁了。

东海龙王忙着给女儿选女婿，可是女儿，这不要，那不要，弄得东海龙王没有办法。

东海龙王问她："我最心爱的女儿，你要找个什么样的女婿呢？"女儿回答："爹，我不要有钱的财主，也不要有势的官家，我要找一个诚实勇敢的人。"

龙王就下了一道命令，命臣子百官去寻访。

龟丞相推选了一位，他不中意。

蟹元帅推荐了一个，他不欢喜。

一天，黄鱼善将军从江河巡逻回来，他说有这样一个人。这个人，叫阿二，住在河湾的高山下。他诚实、勇敢，远近都闻名，因为家贫，父母双亡，没有娶过亲。他和他的一个哥哥在一起，兄弟俩靠打猎为生。

龙王听了皱皱眉，他对女儿说："儿啊！一来，诚实、勇敢不知道真不真。二来，他不是我们水族里的怎么能配婿？"

女儿见爹不答应，从此，她不梳妆，不打扮，躺在床上，不起身。海龙王拿不定主意，心里烦，虾太师献上一条计，龙王听了计，立刻笑嘻嘻。

这晚上，阿二做了个梦。梦里，一个白发老公公对他说："阿二，

有一个姑娘,在河湾滩上等你,快去向她求婚吧!"

阿二心里高兴,就醒过来了,他把这件事,说给哥哥阿大听。阿大听了很嫉妒,他说:"做梦哪好当真哩!不要胡思乱想,睡吧!"

阿二睡着了,阿大偷偷地起来赶到河湾去。

阿二醒过来,不见阿大,也不知道哪儿去了,他想:做梦,做梦也许是真的呢!就披起衣裳,赶到河湾去了。

阿大来到河湾上,阿二也赶到了。圆圆的月亮,高高挂在天上。微风吹过,河水闪着万道银光。萤烛带着小灯笼,在河滩上飞上飞下。清清楚楚地瞧得见,果真有一个年轻姑娘,坐在河滩的石块上,把她那长长的头发,浸在河水里。

这姑娘真美丽极了。阿大和阿二都走了过去,向她求婚。那姑娘回过头来,瞥了他们一眼,说:"叫我答应谁呢?你们自己说吧!谁是最诚实最勇敢的人?"他俩都说:"我是最诚实最勇敢的人。"姑娘说:"好吧!最诚实最勇敢的人,我现在需要一颗夜明珠,如果谁给我拿来，我就嫁给谁。"阿大和阿二问："姑娘，夜明珠在哪里呢？"姑娘说："夜明珠在东海龙王那里。我给你们一人一支分水簪，有了这簪，就能下海。"她把两支簪，递给他们兄弟俩，兄弟俩向姑娘行了礼，就各自去了。

东海龙王在哪里呢？谁也没有去过，阿大向别人借了一匹马，骑着马，向大路上走去。阿二背了一串草鞋，顺着河向小路上走去。他们日行夜宿，走了很多天。

一天，阿大来到一个村里。这里正在闹水灾，许多田地被淹死了，许多房屋也淹没在水里。

三天了，大水还没退，大家很着急。庄稼就要淹死了，房屋也塌了。有一个老年人说："咱们到龙王那里去借来金瓢才能把水舀干。可是谁能到龙王那里去借金瓢呢？阿大正路过这里，干粮吃完了。大家在说，要到东海龙王那里去借金瓢的事。他走到大家跟前道："我就到海龙王那里去，如果你给我一些干粮，我可以给你们借金瓢。"村庄上的人听了都很高兴，就把自己的干粮拿来给阿大，并且还用一只船把他送到河岸上。

过了两天，阿二也路过这里，看见村庄上的庄稼被河水淹没，房屋被淹塌。他来到这里也把自己的干粮吃完了。他很焦急，有一个老人问他："你在急什么？"他说："我要到东海龙王那里去借夜明珠。"老人听到他要到东海龙王那里去，也把借金瓢的事托给他，并把自己吃的干粮送给阿二，也用一只船把他送到岸边。

阿二来到东海边，阿大早已等候在海边了。海里的波浪滚滚，几千斤重的大石头被海风吹到海里。阿大看到这个情景不敢下海，阿二说了声"我下"，就拿起了分水簪，跳到海里，阿大闭着眼，跟阿二向海底走去。

他们兄弟俩来到东海龙王宫殿的门前，他们向守门的卫士说明自己的来意，守卫就把他们带到东海龙王的住处。东海龙王见了他们，非常高兴，就把他们带到宝库里去。"好吧！你们要什么，就拿什么，

要有规矩，只许你们拿一样东西。"说罢，他用手一指，宝库门开了。

兄弟俩走到宝库里，阿大看见宝库里的东西都好极了。可是一想只让拿一件东西，阿大光顾自己把一颗珠子拿到手，想得到那个河湾上的姑娘做他的妻子。

阿二，看见架上的夜明珠，闪闪发光。可是他答应给那个老年人借金瓢的事，阿二走到那里把金瓢拿到手中，他们俩告别了东海龙王走出宫殿，各走自己的路去了。

阿大来到他路过的村庄，那个老年人向他要金瓢，他撒了谎，说东海龙王不借给你金瓢，说罢就走了。

又过了几天，阿二也来到村庄，他把金瓢交给了那个老年人。还帮助他把水舀干。临走时那位老人让他带去一颗珠子，留作纪念。他接过珠子，告别老人。

阿大来到河湾，看见那位姑娘还在这里等着。阿大把珠子给姑娘看，姑娘说到晚上才能看出是不是夜明珠。

天黑了，阿大来到这里，跟姑娘一起看珠子，可是珠子在黑暗中一点也不发光。

又过了一天，阿二来到河湾，他一点也不高兴。姑娘问阿二："你为什么不高兴？"阿二说道："我没把你托付给我的事做了，请你原谅。"那个姑娘问："阿二你的口袋里是什么？"阿二说："这是在去的路上，那个老人的村里闹了水灾。老人要我给他借金瓢，我给他借到了，告别的时候，那位老人送给我了一颗珠子。"姑娘说："到晚上看看是不是夜明珠。"天黑了，阿二来到这里，阿大也来到这里，他们二人一起观看珠子，只见那珠子闪闪发光，阿大惊呆地闭住了眼睛。等阿大睁开眼的时候，阿二和那姑娘已经离开这里了。

阿大正在发呆，在银光里矗立起一座金色的小宫殿，那夜明珠高高地嵌在屋顶的尖尖上，那姑娘和阿二换上华贵的礼服，手拉着手，肩并肩地走进宫殿去成亲。

阿大过去了，但是到了宫门口却被看门的拦住了。从此以后，阿二夫妻俩过着幸福美满的生活。

故事小火花

阿大自私，一心想得到美丽的姑娘，辜负了村民的期望。阿二关心百姓，放弃了自己的利益，反而得到了姑娘的爱，从此过上幸福的生活。

知道中国，多一点

夜明珠：本来是荧光石，在我国古代还有"随珠""明月珠"的称呼。由于夜明珠在黑夜能熠熠生辉，非常稀有和珍贵，充满了神秘色彩，被人们所爱慕和渴求，流传于很多历史记载和民间传说。据说，秦始皇的陵墓壁上放有夜明珠，用来代替蜡烛照明，慈禧太后入葬的时候，口里也含有一颗夜明珠。

日积月累

君子不以私害公。——（汉）韩婴

马齿苋救太阳

讲述者：张国明 / 采录者：鲍槐记 / 采录时间：1986 年 / 采录地点：临汾市东张乡西孔郭村

谁都知道，马齿苋是百草里头最耐晒的一种草。别的草只要根一锄断，太阳毒毒的晒上一天就会死。只有马齿苋，就是在太阳最毒的伏天，把锄掉根的马齿苋捆到一块，吊在房檐下晒上十天半月，叶儿干了，杆儿蔫了，只要老天下上几滴雨，或是夜间有点露水浸润浸润，那半死不活的马齿苋就能生出新根，长出新叶。人都知道马齿苋最耐晒，可就是不知道为啥耐晒。祖辈传说，老早以前，天上是十二个太

阳，后来只剩下一个，传说这一个太阳，就是马齿苋保护下来的。

起先，一年三百六十五天，也不分白天黑夜，也没有春夏秋冬。十二个时辰，十二个太阳，一个太阳，一个时辰，轮流换班，你出来它回去，它出来，你回去。直晒得田里冒烟，山林着火，熬得人昏昏迷迷，死了的没数。有个叫羿的后生，就用打柴放羊的空，苦练射箭本领，决心要把太阳全都射下来。转眼过去十年，羿练成了神箭手。

"羿要射日啦！"消息传开，几千里的人都来了，有替羿背弓的，有帮羿扛箭的，前呼后拥，把羿拥上山顶。只见羿稳稳一站，左手握弓，右手拉箭，猛一放，嗖——，第一箭就射落一个太阳，人们赶到跟前一看，却是一只乌鸦。直到现在，临汾一带的人称太阳为"乌鸦"。羿又一连射出十支箭，箭箭不空，一连又落下十个乌鸦。到第十二支箭射出去，立马天地间一片乌黑，也没见乌鸦落下来。人们又是唱又是跳，直累得睁不开眼窝，抬不起胳膊，跳不起腿了，才停下来，呼噜呼噜地睡着了。

不知过了多长时间，人们睡够了，睁开眼窝一看，还是一片昏黑。大家这才发了愁，净这么黑咕隆咚的咋办呀？不知道又过了多长时间，人们终于看见东方发了白，不大一会儿工夫就从东海蹦出一个火球来。打这以后，就有了白天和黑夜，有了热和凉。

事后人们才知道，原来羿射日那天，第十二支箭虽然射出去了，因为他有点困乏，臂力不够，只射中了乌鸦的脊背。那只受伤的乌鸦落到一堆马齿苋跟前，疼得直打滚。马齿苋像个好心的婆婆，把乌鸦遮住，用露水把乌鸦的伤养好。乌鸦伤好后，飞回天宫，向玉帝禀报马齿苋的救命之恩。玉帝立刻封马齿苋为百草之王，赐甘露一滴，并赐名"马齿苋婆"。打这以后，任凭太阳再毒也晒不死马齿苋。直到现在，在张乡还有人把马齿苋叫作"马齿苋婆"。

故事小火花

后羿把太阳全部射掉，天下一片昏暗。马齿苋救了最后一个太阳，用露水把它的伤养好，使它得以飞回天宫。太阳知恩图报，阳光再毒也晒不死马齿苋。

知道中国，多一点

太阳：故事中，太阳是只大乌鸦。在我国很多神话传说中，太阳里有一只巨大的鸟，太阳也被称为"三足乌""金乌"和"赤乌"。唐诗"金乌海底初飞来"形容太阳刚从海底冲出来。由于古人们认为月亮里住着白兔，用"乌飞兔走"形容日夜更替，时光飞快流逝。

日积月累

滴水之恩，当涌泉相报。——谚语

后记

《中国故事库》中所选用的多篇精彩的民间故事，全部来自《中国民族民间十部文艺集成志书》（以下简称《十部文艺集成》）中的《中国民间故事集成》。作为汇集了海量民间智慧的《十部文艺集成》，它秉承了中国盛世修志的文化传统，以超乎中国以往任何历史时期的广度和深度，对民族民间文艺进行了一次全面、深入的普查和挖掘，系统地收集和保存了我国各地各民族的民间优秀文学艺术遗产，记述了其历史与现状。这是一套气势恢宏，具有中华民族深厚文化传统和独特民族风格的民族民间文学艺术的鸿篇巨制。

《十部文艺集成》的整理和出版，凝聚了众多文艺工作者和民间艺人的心血与智慧，同时也为世界文化宝库增添了一个绚丽多彩的瑰宝，并将中华民族数千年来散落在民间的无形精神遗产变为有形文化财富。它不仅为研究中国民族民间文艺，研究中国的社会、历史、宗教、民族、风俗提供系统、丰富、可靠的资料，也为繁荣当前的文艺创作，提供了取之不尽、用之不竭的素材。更为重要的是，它还将对促进中外文化交流，增强中华民族的凝聚力、自豪感，产生极为深远的影响。

具体到《中国故事库》丛书的编写过程中，面对浩如烟海的民间故事，我们对其进行了仔细的遴选和编辑。首先在规模上确保每个省、市、自治区都有一篇故事入选，同时也尽可能多地采纳了那些来自少数民族的故事。其次，针对本书的主要阅读对象，我们从思想内容和审美趣味两个方面对故事做了适当的筛选和取舍，侧重选择了一些趣味性强，易于青少年理解和接受的故事。另外，我们还在每篇故事的篇首完整地注明了故事的讲述者、采录者、采录时间和采录地点等信息。这些信息大大增强了故事来源的现场感，也表达了我们对故事背后民间文艺工作者的敬意。最后，我们还在不破坏民间故事原味与语意的基础上，对部分故事进行了适当的润色和修改，以使读者的阅读更加顺畅。

《中国故事库》系列丛书能够与读者见面得益于众人的努力，除了前面提到的民间文艺工作者之外，还要向协助本书出版的朋友们致以谢意。最先要感谢的是光明日报出版社的诸多同人，尤其是潘剑凯社长的大力支持，以及钟祥瑜、焦春华两位编辑的辛勤付出，没有了他们，《中国故事库》系列丛书就只是徒有空想，始终无法穿上漂亮的书衣。刘先福、阿比古丽尼亚孜、张远满和李洋四位同学在故事遴选和后期校对这两个环节贡献良多，他们的努力为本书提供了品质保障。此外，本书能够顺利付梓也离不开文化部民族民间文艺发展中心主任李松和中国节日志编辑部的王学文、崔阳和魏玮，他们也在出版过程中做出了各自的贡献。

当然由于编者的水平有限，书中难免会有疏漏，恳请广大读者朋友们予以指正，对于您的帮助我们不胜感激。

文化部民族民间文艺发展中心